小学館文庫

鴨川食堂ごちそう

柏井 壽

小学館

目次

第一話　鰻丼　7
第二話　いなり寿司　65
第三話　ピザ　118
第四話　焼きうどん　161
第五話　タマゴサンド　208
第六話　豆腐飯　257

鴨川食堂ごちそう

第一話　鰻丼

1

朝十時に近鉄奈良駅に着いた森山敏矢(もりやまとしや)は、駅の時刻表を見上げながら、少しばかり迷っていた。

十時二十四分発の急行に乗れば、京都駅に十一時十二分に着く。いっぽう十時四十分発の特急に乗れば十一時十六分に着く。到着時刻は大して変わらないが、着く駅が少し異なる。急行は京都市営地下鉄烏丸線に乗り入れているので、地下鉄の京都駅に着くが、特急だと近鉄の京都駅着になる。目指す場所には前者が便利だが、後者は追加料金を払えば、座席指定で、かならず座れるという利点がある。

こんなときにでも、そんな細かなことを計算する自分がつくづく嫌になる。もっと大らかに生きていれば、違う人生が歩めたのではないかと森山は思っている。

寒いなかを駅のホームで、三十分以上も待つぐらいなら乗ってしまえばいい。たとえ座れなくても、一時間と掛からないのだから。ようやく心を決めた森山は改札口を通った。

京都へ向かうときは、いつも重苦しい空気をまとっている。

それはただ、成人式を済ませたばかりであの世へと旅立ってしまった敏一が、最後に住んでいた街だからというだけでなく、割り切れない気持ちを引きずっているからでもある。

そのせいかどうかは分からないが、京都へ向かうときに見上げる空は、いつもどんよりと曇っている。仕事の関係で一年に三度は京都へ行くのだが、一度も晴れたことがない。

もう春が近いというのに、車窓から眺める風景は寒々としていて、雪でも降ってきそうな厚い雲が垂れこめている。

竹田駅を過ぎてすぐ、電車は地下にもぐり、三つの駅を通り過ぎると京都駅に着いた。

先頭車両から降りて、北改札口を通った森山は、スマートフォンの地図アプリを見ながら、地下通路を北へと向かった。

長く続く地下通路を歩くひとの姿はまばらだ。コツコツと自分の足音だけが響く通路の、突き当たりから続く右手の階段を上って、地上に出ると、雲の切れ間から薄日が射(さ)している。いくらか足取りを軽くした森山は、烏丸通を北へ歩き、正面(しょうめん)通を東に折れた。

向かっているのは食を捜してくれる探偵事務所で、そんな探偵がいると知ったのは、かかりつけの眼科医院でだった。

眼科の待合室には不似合いとも思える〈料理春秋(りょうりしゅんじゅう)〉という料理雑誌が置かれていて、診察待ちのあいだにパラパラとめくっていると、

――食捜します　鴨川(かもがわ)探偵事務所――という一行広告が目に留まった。具体的に何がどうなのか、さっぱり分からないが、ある食を捜していた森山は、わらにもすがる思いで編集部に問い合わせた。

時折そういう問い合わせがあるようで、編集長を名乗った女性は、手慣れたふうに

詳細を教えてくれ、地図もＦＡＸで送ってくれたのだ。

その地図に書きこまれた注釈によると、暖簾(のれん)も看板もなく、ふつうの民家にしか見えないしもた屋だという。

通りの両側を見まわして、おそらくここだろうと思える建家の前に出た。

引き戸に手を掛けようとして、なかなか手が動かない。ためらう理由はいくつもあるが、ここまで来て引き返すわけにもいかない。

深呼吸をしてから、森山はおそるおそる引き戸を開けた。

「いらっしゃい」

間髪をいれずに声があがり、若い女性が森山を振り向いた。

「突然お邪魔してすみません。こちらは『鴨川探偵事務所』でしょうか」

「そっちのお客さんやったんですか。うちが所長の鴨川こいしです。寒いさかい、どうぞなかへお入りください」

森山の問い掛けに、こいしは笑顔で迎え入れた。

「おそれいります」

森山は店に入り、トレンチコートのボタンをはずした。

「どちらからお見えです？」

テーブルの上を拭きながらこいしが訊(き)いた。

「料理雑誌の広告を見て、奈良から参りました、森山敏矢と申します」

脱いだコートをパイプ椅子に置いて、森山が名刺を差しだした。

「人形師さんとお会いするのは初めてですわ。奈良人形てどんなんやろ」

こいしは受け取った名刺をじっと見ている。

「平安時代からずっと続いているのですが、京人形や博多(はかた)人形みたいにメジャーではないですから、ご存じないかたが多いんです」

「そうやったんですか。ちっとも知らんと失礼しました。まぁ、どうぞお掛けください」

こいしがテーブルに名刺を置いた。

「ありがとうございます。それじゃ失礼して」

ツイードのジャケットに、ベージュのチノパンをはいた森山は、パイプ椅子にゆっくりと腰を落とした。

「森山さん、お腹(なか)のほうはどうです？　もうすぐお昼やし、おまかせでよかったら、お父ちゃんが作りますけど」

こいしが暖簾の奥に目を向けた。

「突然なのによろしいんですか？　実を言うと編集部のかたから話を聞いて、食べられたら嬉しいなと思っていたんです」

森山が口もとをゆるめた。

「お客さん来てはったんかいな」

暖簾の奥から鴨川流が出てきた。

「探偵のほうのお客さんやねん。奈良から来てくれはった人形師の森山さん。こっちはうちのお父ちゃんで鴨川流。食堂の主人ですねんよ」

こいしがたがいを紹介した。

「食を捜していただきたくて、奈良から参りました森山と申します。どうぞよろしくお願いいたします」

立ちあがって森山が頭を下げた。

「奈良人形ていうたら、たしか一刀彫でしたな」

流が森山の名刺を手に取った。

「よくご存じで。森山はわたしで七代目になります」

森山がわずかに胸を張った。

「お父ちゃん、森山さんにお昼を出したげて。愉しみにして来てくれはったみたい」

「分かった。なんぞ苦手なもんはおへんか」

流が訊いた。

「実は蕎麦アレルギーでして、それ以外はなんでも大丈夫です」

森山が答えた。

「承知しました。今日は夜に出張料理を作らんならんので、ちょうどその仕込みをしとったとこです。ここんとこ店は開店休業でっさかい、ゆっくり召しあがってもらえる思います。すぐに支度しますんで、しばらく待っとぉくれやっしゃ」

和帽子をかぶりなおして、流が暖簾の奥に戻っていった。

「お酒はどないです。ちょっと冷えてますし、お燗でも付けましょか」

こいしは森山の前に箸置きと箸を並べた。

「ありがとうございます。嫌いじゃないもので、じゃあ一本付けてください」

「熱いほうがよろしい？」

「ぬる燗がありがたいです」

「分かりました。すぐにご用意します」

こいしも流に続いて暖簾の奥に消えた。

ひとり食堂に残った森山は、店のなかをぐるりと見まわしている。

なんの変哲もない、どこにでもあるような食堂だ。テーブルや椅子などの家具類も、お世辞にも上等とは言えない。神棚があって、その横にテレビがあるのも、むかしながらの食堂で、とてもじゃないが京都屈指の料理が出てくるようには見えない。

よくよく考えれば当然のことで、探偵事務所に併設されている食堂で立派な料理が出てくるほうがおかしい。料理雑誌の編集長の言だからといって、それを信じこんだ自分が間違っていたのだ。空腹を満たすことができればそれでいい。そう思いなおして、森山は苦い笑いを呑(の)みこんだ。

「お待たせしました。ひと肌でと思うたんですけど、気持ち熱かったかもしれません。しばらく置いといてもろたら、ええ加減になるんと違うかなぁ、て、ホンマにええ加減な話ですんません」

こいしが備前(びぜん)焼の徳利(とっくり)と杯をテーブルに置いた。

「ちょうどいいんじゃないですか」

森山が徳利を両手で包みこんだ。

「もうすぐ料理が出ますんで、ゆっくりやっててください」

こいしの背中が暖簾をくぐるのをたしかめてから、森山は手酌で杯に酒を注(つ)いだ。

徳利も杯も備前焼の上物で、食堂の設(しつら)えとはまるで釣り合わないのがおかしい。森山はゆっくりと杯をかたむけた。

　ひと口飲んで、森山は大きく目を見開いて背筋を伸ばした。ありきたりの酒だろうと高をくくっていたが、日本酒通を自任する森山でも驚くほどの旨(うま)さだ。

「すみません」

　中腰になった森山は、暖簾に向かって大きな声をあげた。

「どうかしはりました？」

　慌ててこいしが出てきた。

「このお酒なんですが、ひょっとして奈良のお酒ではありませんか？」

「よう分からはりましたね。お父ちゃんが、奈良から来てはるんやったらこれがええ、て」

「もしかして『篠峯(しのみね)』？」

「お酒の名前までは覚えてませんねん。ボトル持ってきます」

　こいしは急ぎ足で暖簾をくぐる。

　自分の舌が衰えていなければ、きっとこれは『篠峯』だ。三日に上げず飲んでいる酒だから間違いなかろう。

　もしそうだとすれば、料理にも大いに期待が持てる。奈良にはいくつも酒蔵があるから、ほかにいくつもの選択肢があるのに、わざわざこれを選んだとなれば、味覚のセンスは相当優れているに違いない。

「これですけど、翠色のラベルにかわいい模様が描いてありますわ」

こいしが携えてきたのは、まごうことなき『篠峯』だった。

「やっぱり。田圃ラベルシリーズで、翠色はたしか亀ノ尾を使っているはずだ」

目を輝かせて、森山がボトルを手にした。

「お酒に詳しいんですな」

両手で大きな伊万里焼の丸皿を抱え、流が厨房から早足で出てきた。

「詳しいというほどではありませんが、旨い酒には目がないもので。『篠峯』は友人が作っている米を使っていることもあって、特にひいきにしているんです。それにしても、なんだかすごいご馳走ですね」

森山は目の前に置かれた大皿に釘付けになっている。

「わしも酒は好きなもんでっさかい、気に入った酒をお出ししてます。料理のほうは春を待つ気分で、ちょっと南国高知の皿鉢料理ふうに盛ってみました」

「飲兵衛にはたまりませんな」

箸に指を掛けて、森山が舌なめずりをした。

「簡単に料理の説明をさせてもらいます。一番上はブリ大根。大根は炊いて、ブリは照り焼にして重ね盛りしてます。時計回りにその右は明石ダコの唐揚げ。酢橘を絞って召しあがってください。その下は牛タンの蒸し煮。辛子醤油をつけてください。その次がタラノメとフキノトウの天ぷら。山椒塩をパラパラッと掛けてください。その下はクルマエビの旨煮です。日本酒とワインをブレンドして、たまり醤油で炊いてます。その横の小鉢に入っとるのはワカサギの南蛮漬け。青唐辛子の刻んだんを掛けてもろたら、ピリッとして旨い思います。その上はサバの小袖寿司、巻いた昆布と一緒に召しあがってください。左上は出汁巻き玉子。九条ネギを巻いてます。真ん中の角皿はノドグロの塩焼。木の芽煮を載せて食べてください。今日は〆にアナゴ飯を用意してますんで、適当なとこで声を掛けてください。すまし汁と一緒にお持ちしますさかい」

料理の説明を終えて、流が和帽子をかぶりなおした。

「驚きましたな。失礼ながら、こんなご馳走が出てくるとは夢にも思っていませんでした。盆と正月が一緒に来たような、という言葉しかありません。『篠峯』と一緒にこんなお料理を食べられるなんて夢のようです。心していただきます」

森山が手を合わせた。

「お茶も置いときますけど、お酒のお代わりも遠慮のう言うてくださいね」

流が下がっていくと、こいしは大皿の横に京焼の急須と湯呑を置いた。

「なにからなにまでありがとうございます。二合は入っているようですから、これで充分です」

森山が徳利を持ちあげた。

「ゆっくり召しあがってください。うちは探偵事務所のほうで待機してますし」

こいしも下がっていった。

酒で喉を湿らせてから、森山は箸を取って大皿の上に盛られた料理を見まわし、ごくりと生唾を呑みこんだ。

食堂の設えとはあまりに大きなギャップがある料理に、森山は何度も首をかしげながら、ノドグロの塩焼を箸でつまんだ。

「旨い」

思わず大きな声をあげ、森山は慌てて口を手のひらで押さえた。

仕事の関係で何度も京都を訪れ、割烹（かっぽう）や料亭で京料理を食べる機会も少なくないのだが、ひと口食べてその旨さを感じることは、さほど多くなかった。

次に箸を付けた出汁巻き玉子も、しみじみとした旨さで、思ったよりも濃い味なのに、九条ネギが入っているせいか、あと味が実にさわやかだ。こういうのをキレがいいと言うのだろう。

サバの小袖寿司は指でつまんで、ぽいと口に放りこんだ。いくらか甘めの寿司飯と、肉厚の〆サバがよく馴染んでいて、ひと口サイズなのもいい。恰好の酒のアテになる。

明石ダコの唐揚げや、フキノトウの天ぷらなどの揚げ物は、揚げ立てというほどではないものの、ほんのりとあたたかく、揚げ物特有のくどさがまったくない。

料理を食べるたびに心がゆるんでいくのが分かる。それはちょうど、彫りあげた人形を手にしたときとおなじで、身につきまとう哀しみや苦しみを、いっときだけでも忘れさせてくれる。この瞬間があるからこそ、なにがあっても生きていられるのだ。

決して料理通というわけではないが、息子を亡くしてからのひとり暮らしで、いきおい外食をする機会が多くなった。最近では奈良にも美味しい店が増えてきたこともあり、夜の寂しさを紛らわそうと、夕食はたいてい地元の料理屋で摂っている。

奈良には美味しい店が少ないと言われて久しいが、それは観光客に向けての店のことで、地元の人間が食べるには不自由しない。たしかに京都には傑出した店が何軒もあるが、それと比べるのは間違っているだろう。

そんな奈良びいきの森山でも、こういう料理を口にすると、やっぱり京都には敵わないと思ってしまう。

自分が作る人形とおなじで、料理に魂がこもっている。人形でも料理でも、技だけをひけらかすようなことは、森山がもっとも忌み嫌うところだ。それを学ばせるために、息子の敏一を京都へ修業に出したのだが、それを後悔することになるとは、まったく予想していなかった。

軽くなった徳利を持ちあげ、森山は悔しげに唇を噛(か)んだ。

「お酒のお代わりはどないです？」

まるで徳利のなかを見透かしたかのように、流が厨房から出てきた。

「ありがとうございます。まだご馳走が残っていますから、もう半分だけいただきます」

「燗はどうしましょ？」

「飲み過ぎないように熱燗にしてください。ちびちびやりますから」

森山が笑顔を向けると、流はにっこりと笑みを返した。

飲兵衛がひとり暮らしをしていると、どうしても飲み過ぎてしまう。外でも家でもかならず二合までと決めているのだが、あっさりとその禁を破ってしまった。それほどに料理が魅力的なのだと、苦笑いしながら森山は自己弁護した。

布巾で包んだ唐津(からつ)焼の一合徳利を、流がそろりとテーブルの上に置くと、ほんのり湯気が上がった。

「どうぞごゆっくり」

流が下がっていくと、森山は牛タンの蒸し煮に箸を付けた。

食べることは得意でも、作るほうはまるで自信がない森山には、どうすれば牛タンをこんなにやわらかくできるのか、まったく分からない。ただ時間を掛ければいいというものでもなかろう。

辛子醬油を付けて食べると、口のなかでその形がもろくも崩れ去り、まるでバラ肉のような食感と辛みだけが残る。

火傷(やけど)しない程度に温度が下がった徳利を取り、杯に酒を注ぐとむせるような香りが立ちのぼる。

大の肉好きだった敏一が食べたら、どれほど喜んだだろうか。胸が押しつぶされそうになりながら、森山は杯を呷(あお)った。

あらためて森山は、ただ食事をするためだけに来たのではなく、食を捜しだすために来たのだと思いを新たにした。

三合近く飲んだのに、酔った感じがしないのは、重い荷物を背中に抱えているからなのか。それとも憂さを晴らすために飲んでいるのではないからか。

「ぼちぼちご飯をお持ちしまひょか」

絶妙のタイミングで流が声を掛けてきた。

「今ちょうどお願いしようと思っていたところなんです。なにもかもお見通しなんですね。恐れ入りました」

森山は冗談めかして頭を下げた。

「見通すやなんて、とんでもおへん。お客さんに料理をお出ししているあいだは、自分も一緒に食べてるような気になってるだけです」

「よく分かります。わたしも依頼を受けて人形を彫るときは、そのかたの気持ちになりきっています」

「だいじなことですな。すぐにお持ちします」

一礼して、流が背中を向けた。

あらかた料理を食べつくし、気持ちだけ徳利に酒を残した。

〆はアナゴ飯と言っていたが、どんなものが出てくるのだろう。鰻(うなぎ)は好物だが、アナゴは食べる機会もそれほど多くない。次の料理を心待ちにしている自分に、森山は少しばかり驚いている。

たいていのものは美味しく食べるし、食は生きる愉しみのひとつだと思っているが、ワクワクして料理を待つほどにはなれない。子どもを亡くしたあとも生き残っている自分が、心底食事を愉しむのは申しわけないような気がするからだ。

生きるために仕方なく食べている。心の片隅でそう自分に言い聞かせている。

「お待たせしましたな」

銀盆に載せて、流が小ぶりの曲げわっぱを運んできた。

「芳ばしい香りがしていますね」

森山が鼻をひくつかせた。

「鰻とはまた違うて、アナゴは独特の芳ばしさがありますな。アナゴを醬油味で軽ぅ炊いて、それをじっくり炙ってご飯に載せてます。お好みでタレを掛けて召しあがってください。粉山椒をパラッと振ってもろたら美味しおす。お汁はアナゴの肝吸いです。お嫌いやなかったら、吸い口の柚子も入れてください。お茶を差し替えときます。お済みになったら、また声掛けてください。こいしのとこへご案内しますよって」

銀盆を小脇に抱え、流が笑みを森山に向けた。

楕円形の曲げわっぱは、ほんのりあたたかいが、熱々というほどではなく、ふたをはずしても、湯気が上がることはない。

焼いたアナゴを削ぎ切りにし、ご飯をおおうようにして、びっしりと並べてある。肉厚の鰻に比べると迫力に欠けるものの、その軽やかさが〆にはぴったりだ。

森山は箸を取ってふた切れのアナゴと一緒に、タレの染みたご飯を掬った。

鰻に勝るとも劣らぬ味わいに、森山はわが舌を疑った。酔いが回っているせいか、と疑いつつ森山は、ふた口目を舌に載せた。

江戸前の鰻のようにとろけはしないし、かと言って、地焼の鰻のように皮目が歯に当たることもない。焼アナゴはクセも臭みもない、品格ある焼魚のひとつだと思い知らされた。

そうか。アナゴとはこういうものだったのか。決して鰻の代用品ではなかったのだ。

森山は先入観を恥じた。

いったんそう思いこむと、なかなかそれを変えられないのは、森山の悪しき習性と言ってもいい。今さらながら食を捜そうとしているのも、それゆえのことだ。

「どないです。アナゴ飯はお口に合いましたかいな」

森山が箸を置くと同時に流が姿を現した。

「口に合うどころか、口が驚いています。こんな美味しいアナゴをいただいたのは初めてですから」

森山がハンカチで口もとを拭った。

「よろしおした。ひと息つかはったら奥へご案内します」

「ずいぶん長くお待たせしてしまって、お嬢さんには申しわけないことでした。すぐに参ります」

茶をすすったあと、森山は慌てて立ちあがった。

「そない急いでもらわんでもええんでっせ。決して急かしてるわけやおへん。ゆっくりしてもろたら」

「いえいえ、充分ゆっくりさせていただきました」

「ほな、どうぞこちらへ」

流が先導し、厨房の横から続く細長い廊下を歩きはじめた。

「これが鰻の寝床ってやつなんですね。かなり奥に長いようですが」

背伸びして、森山が廊下の奥を覗きこんだ。

「この辺りの家はみなこんな感じと違いますやろか。奈良にはこういう造りはおへんか？」

流が振り向いた。

「うちは古い市街地ですが、こういう造りはめったに見かけませんね。それより、この写真ですが、この料理は流さんがお作りになったものですか？」

廊下の両側にびっしり貼られた写真に目を留めた森山は、ぴたりと歩みを止めた。

「たいていはそうです。レシピを書き留めるのが面倒やさかい無精して、写真で残してますねん」

「わたしも彫った人形はぜんぶ写真に撮って残しています」

写真に目を近づけて、森山が口もとをゆるめた。

「けど、今の時代はプリントしまへんやろ。パソコンにデータで残してはるんでっか？」

「いえ、アナログ派なもので、プリントしてアルバムに整理しています」

「料理でも人形でも、モノを作る人間っちゅうのは、たいていアナログですな」

笑顔を交わし、流が前を向いて歩きだした。

なにごとも見かけで判断してはいけない。分かってはいるものの、やはりあの食堂の佇(たたず)まいを見れば、たかが知れた料理だろうと侮ってしまっても無理はない。

だが今日食べた料理でさえ、彼の実力の片鱗(へんりん)にも及ばないものだと、料理写真を眺めながら、森山は今さらのように感服している。

廊下の突き当たりにあるドアを流がノックすると、いくらか高いこいしの声が返ってきた。

「どうぞお入りください」

「ほな、あとはこいしにまかせますんで」

ドアが開くのを待って、流はきびすを返した。

「失礼します。ずいぶん長くお待たせしてしまって申しわけありませんでした」

森山は頭を下げてから部屋に入った。

「気にしてもらわんでもええんですよ。ここで待ってる時間が長いほど、お父ちゃんの料理を愉しんでもろてたいうことやし」

こいしは森山にロングソファを奨めた。

「そう言っていただけると助かります。たしかにお父さんの料理を心底愉しませてもらいました」

森山がロングソファの真ん中に腰掛け、ローテーブルをはさんで、こいしは向かい合って座った。

「早速ですけど、こちらに記入していただけますか」

こいしがローテーブルにバインダーを置く。

「承知しました」

森山はバインダーを膝の上に置き、ペンを手に取った。

「お茶かコーヒーかどちらがよろしい？」

「お茶をいただきます」

　こいしの問い掛けに森山が即答した。

　住所、氏名、年齢、家族構成など、取り立てて変わった項目はなく、スラスラとペンを走らせた森山は、書き終えたバインダーをもとの位置に置いた。

「食後は煎茶よりお番茶のほうがええかな、と勝手に思うたんですけど、よかったら煎茶もありますし言うてください」

　こいしは、茶托に載せた萩焼の湯呑をふた組ローテーブルに置いた。

「いい香りですね」

　森山が両手で包みこんだ湯呑を鼻先に近づけた。

「森山敏矢さん。どんな食を捜してはるんです？」

　こいしはバインダーの横にノートを置いた。

「鰻丼です」

「鰻丼かぁ、しばらく食べてへんなぁ。どっかのお店のですか？」

　こいしは広げたノートの綴じ目を、手のひらで押さえつけた。

「お店の折詰なのですが、食べずに捨ててしまいましたので、どこのお店のどんな鰻丼だかは分からないんです」

森山が伏し目がちに答えた。

「鰻丼を食べんと捨ててしまわはったんですか。なんともったいないこと」

こいしが声を裏返らせた。

「冷静に考えればそうなのですが。つい気持ちが荒くなってしまって」

森山が声を落とした。

「鰻が苦手やとか？」

「いえ、大好物です」

「そしたらなんで？　ていうお話を詳しいに聞かせてもらえますか」

茶をすすって、こいしがペンを持つ手に力を込めた。

「長い話になりますが、最初からお話ししないとお分かりいただけないでしょうから、お付き合いください。鰻丼までたどり着くのにかなり時間が掛かると思いますが」

森山が浅く腰掛けなおした。

「お話を聞くのがうちの仕事ですし、どうぞ遠慮なく。じっくりと聞かせてもらいます」

こいしがひと膝前に進めた。

「うちが代々人形を作る家だということはお話ししたと思います。特に親から言われるまでもなく、森山家に生まれてきたら、当然跡を継ぐものとわたしは思いましたし、息子の敏一もおなじでした。わたしはよそで修業しなかったのですが、敏一には京都の御所人形を学ばせたいと思って、高校を卒業してすぐ御所人形師の加藤家に修業に出しました」

「そうかぁ。人形師さんも修業に行かはるんや。その加藤家いうのはどの辺にあるんです？」

こいしはタブレットをローテーブルに置き、地図アプリを起動した。

「京都御苑の近く、一条通のこの辺りですね」

森山が地図を指さした。

「御所人形作ってはるから、やっぱり御所の近くなんや。住み込みですか？」

「いえ。そこまではご迷惑を掛けられないので、アパートを借りてやりました」

「この近くですか？」

「少し離れていて、この辺りです」

少し迷ってから、森山が地図をなぞった。

「佛光寺さんの近くやったら自転車でも行けますね」

「ええ。自転車で通っていると言ってました」

「敏一さんは今おいくつなんです？」

こいしがノートのページを繰った。

「生きていたら今年で二十七になります」

「え？」

こいしが小さく叫んだ。

「六年前に亡くなりました」

森山が声を落とした。

「若いのに。ご病気かなんかやったんですか？」

こいしは顔を曇らせている。

「増水した鴨川で溺死しました」

「言葉もない、てこういうことなんですね。どない言うてええのか。ほんまにお気の毒なこととしか言えません。お辛かったでしょうね」

こいしが潤んだ目を森山に向けた。

「敏一が七歳のときに、妻を病気で亡くしましてね、それから男手ひとつで育ててきて、まさかこんなことになるとは思ってもいませんでした」

「そうやったんですか」

こいしが長く深いため息をついた。

「敏一は強い子でしてね、母親がいなくても寂しがることもなく、京都でひとり暮らしをしても、ほとんどわたしに頼らずに、立派に自立していたんですよ」

みるみる森山の目に涙がたまった。

「そうやのに溺死してしまわはるやなんて、神も仏もないんかて言いたなります」

こいしが顔をしかめ、唇を噛んだ。

「あのときわたしもおなじことを思いました。なぜ敏一だけがそんな目に遭わなければいけないんだ。なにひとつ悪いことをしていないのに」

堰(せき)を切ったように、森山の目尻から涙があふれ出た。

「けど、増水してたて言うても、鴨川で溺死しはるて、あんまり聞いたことない話です。どんな状況やったんですか？」

こいしがペンを手にして訊いた。

「思いだすのも辛いのですが、そこをお話ししないと捜してもらえないでしょうから」

天井を仰いだ森山は、その視線をゆっくりと床に落とした。

「お気持ちは痛いほど分かります。辛い思いをさせてしもて、ほんまにすんません」

「いえいえ、とんでもありません。わたしがいい歳をしているのに不甲斐ないだけで」

森山はジャケットの襟元を整えた。

「六年前のお話を聞かせてください」

こいしが背筋を伸ばした。

「六年前の夏の終わりごろでした。敏一は忙しくしていてお盆の墓参りに行けなかったので、一緒に行こうと言ってきました。半年ぶりに会えると思って、わたしもふたつ返事で日にちを決めました。あいにく前日まで台風で大荒れの天気でしたが、当日は晴れ間も出て、暑い一日になりました。昼までには着くと言っていたので、首を長くして待っていたのですが、いくら待っても帰ってこない。ひょっとして、わたしが日にちを聞き間違えたのかと思って電話したのですが、まったく通じない。なんだか嫌な予感がしたのですが、どうする術もなく、ただ待つしかありませんでした。そうしてるうちに警察から電話があって、敏一が……」

森山が声をつまらせた。

「六年前て、そういうたら台風がよう来てたなぁ。お寺やら神社の木ぃが倒れたてニュースでやってました」

「敏一はほんとうに優しい子でしてね、子どものころ、板塀のすき間にはさまって身動きできなくなった子猫を、必死になって助け出そうとしていたのを思いだし、なにかの下敷きになっているんじゃないか、とか想像しましたが、そんな想像を超えました」

そう言って、森山はジャケットの内ポケットから、色あせた新聞のコピーを取りだして、ローテーブルの上に置いた。

「拝見してよろしい？」

こいしが手に取った。

「どうぞご覧ください。泳ぎの得意だった敏一がなぜ溺死したのかが書いてあります」

森山はソファに背をもたせ掛け、そっと目を閉じた。

「京都市下京区の鴨川に架かる四条大橋の下流で、同区在住の小学四年生の男子児童が、増水した鴨川に流された。近くを通りかかり、それに気付いた森山敏一さん二十一歳が、川に入って児童を助け、岸辺に上げたが、森山さんはそのまま川に流され、一時間後に五百メートル下流で発見された。その後搬送された病院で死亡が確認された。死因は溺死」

途切れ途切れになって読み終えたこいしは、肩を震わせて何度も嗚咽を漏らした。

しんと静まり返った部屋のなかで、長い沈黙のときが流れた。

時折鳥の鳴き声が聞こえ、それをかき消すように、救急車のサイレンの音が響く。

その音が静まるのを待っていたのか、咳ばらいをひとつしてから、森山がようやく重い口を開いた。

「今になれば、立派な息子だったと胸を張れますが、当時はなんてバカな息子だと思いましたよ。いくら人助けと言っても、自分が命を落としてしまってどうする。なんでこんなバカげたことをしたんだ。霊安室で対面したとき、思わず殴りそうになりました」

当時を思いだしているのか、森山はかたく目を閉じたままだ。

「ときどきこういうニュースを聞いても、立派やなぁ、偉いひとやなぁとしか思いません。うちにはとっても真似できひん。ただただ尊敬するだけですけど、身内からしたら、複雑な気持ちにならはって当然なんでしょうね」

こいしはハンカチで目尻を押さえている。

「親として正直な気持ちを言えば、その子と親をうらみましたよ。その子が増水している川で遊んでなんかいなければ、敏一は命を落とすことなんてなかったんだ。いったいどんなしつけをしてたんだ、って怒鳴ってやりたい気持ちでした。でも、すぐに思いなおしたんです。わたしがそんな気持ちになれば、敏一が自分の命をかけたことが無駄になってしまいますから。そんな気持ちはおくびにも出しませんでした」

森山が目を開いて背中を起こした。

「相手の親御さんはどんな感じでした？」

こいしが訊いた。

「それはもう、平身低頭という言葉以外みつからないほどでした。お父さんは土下座して謝っておられましたし、敏一が助けた子どもも呆然としていました。自分がしたことの重さを噛みしめていたようで、先方の態度になにひとつ文句はありませんでした。向こうもうちとおなじ父子家庭でしたから、仕方なかったのかなとも思いました」

「そうやったんですか。お父さんはどんなお仕事してはったんです？」

「木屋町四条でお豆腐屋さんをされてました」

「お父さんは仕事で忙しいしてはるから、その子はひとりで遊んでたんや。きっと寂しかったんでしょうね」

「敏一もおなじ境遇でしたが、そんな無謀な遊びはしませんでしたよ」

森山がムッとした顔で語気を強めた。

「すみません。余計なこと言うてしもて」

こいしが首をすくめた。

「こちらこそすみません。ついむきになってしまって」

森山が小さく頭を下げた。

「何年経ってても気持ちて、そう簡単に変わらへんのですよね。哀しみやとか憤りやとか」

こいしは、ノートに渦巻く雲のイラストを描いている。

「そろそろ肝心のお話をしないといけませんね」

森山がこいしの目をまっすぐに見た。

「はい。お願いします」

こいしはノートのページを繰って、ペンを持ち替えた。

「事故があった次の日でした。弔問に来たいと先方から連絡があったのですが、お断りしました。まだ自分の気持ちが整理できていませんでしたから、会いたくなかったんです。なにを言いだすか、自分に自信がありませんでしたし、感情を抑えることもできなくなっていましたから」

「どっちの気持ちもよう分かるなぁ。向こうは向こうで申しわけないと思うてはるやろし。森山さんとしては、その子にぶつけたい怒りみたいなもんがあるやろし」

こいしは森山の顔を見た。

「電話で率直に自分の気持ちを伝えて、お気持ちだけ受け取らせていただく、と申し上げたんです。そうしたら渡したいものがあるから、それだけは受け取って欲しいと言われました。しばらくして届いたのが鰻丼だったのです」

「息子さんが助けはったお子さんの、お父さんからもらわはった鰻丼を捜してはる、ということですね」

こいしがノートに書きつけた。

「はい。遠回りをして申しわけありませんでした」

「いえ。よう分かりました。そしてそれを食べんと捨ててしまわはったということなんですね」

「ええ。代理のかたがお持ちになったのですが、紙袋に鰻の絵が描いてあって、折詰が入っていましたから、間違いなく鰻丼だったと思います。袋の外からでも鰻の匂いがしていましたしね」

「なんとなくお気持ちは分かるんですが、捨ててしまわんでもよかったような、気がするんですけど」

こいしが上目遣いに森山を見た。

「ふつうはこういうときは菓子折とか、無難なものを届けるでしょう。たしかに鰻はわたしの大好物だけど、先方がそんなことを知っているはずはありませんし。紙袋のなかに封筒が入っていましたが、そのときは見る気にもなりませんでした」

森山が鼻息を荒くした。

「そう言われたらそうも思いますけど、なんか意味があったんと違うかなぁ」

こいしはノートに鰻丼のイラストを描いている。

「そこなんです。今になってわたしもそう思うようになりました。実はそれから毎年おなじ日におなじ鰻丼が送られてきたんです。もちろんそのたびにすぐさまゴミ箱に投げ入れました。怒りがふつふつと湧いてきましてね。なんだかバカにされているような気さえしたんです。そして去年、思いきって手紙を添えて送り返したんです。もう二度と送ってこないで欲しいと」

「理由も書かはりました？」

「いえ。そこまでは書けませんでした。思いだすのが辛いから、とだけ書いておきました」

「向こうも辛いやろなぁ」

「そうかもしれません。でも、どこかで区切りを付けないと、と思ったんです」

「となったら、今年は送ってきはらへんでしょうね。それで区切りが付くのに、なんで今になってその鰻丼を捜そうと思わはったんです?」

こいしがペンをかまえた。

「区切りの付け方が間違っていたように思えてきたんです。もしもあの鰻丼になにかメッセージが込められていたとしたら、それが分からないままだと、心の片隅のどこかに引っ掛かったままでしょうし、ひいては敏一も成仏できないかもしれない。そうも思うようになったのです。ただ、そんなことを今さら先方に訊くわけにもまいりませんし」

森山はしきりに指を組み替えている。

「なるほど。なんで鰻丼やったんか、あいまいなままで終わってしもうたら、かえっていつまでもモヤモヤが残りますもんね」

こいしはペンを走らせて文字を連ねている。

「ようやくそこに気付きました。これまでずっと逃げていたような気がして。ちゃんと向き合わないと、いい人形も作れませんし」

「分かりました。て言うても、なかなかの難題やなぁ。紙袋に鰻の絵が描いてあった以外に、なにかヒントになることとありませんか?」

「中身すら見てないのですから、ほんとうに捜していただくのは難しいと思います。紙袋が届いた瞬間、目を背けるようにしてゴミ箱に放りこんでいましたから、ヒントになるようなことはなにもないんです。ただ、三、四年前だったか、お店から直接送ってくるようになったと思います。それまでは送り主が親御さんの名前と住所だったのですが、近年は鰻屋さんらしきお店から送ってきていましたね。名前は親御さんになっていましたが」

「ということは、去年返送されたのは、そのお店宛てですか？」

「はい。こちらから連絡することはもうないと思いましたので、先方の住所は残していません」

「そのお店の名前とか覚えてはります？」

「あいまいな記憶なので、ぜんぜん違うかもしれませんが、たしかダイコクなんとかと書いたような気がします。鰻だとか魚だとかは屋号になかったように思います」

「ダイコクですか。恵比寿大黒の、あの大黒さんかなぁ。住所はどうでした？」

「住所ですか。京都だったことは間違いないのですが、そのあとは……」

森山は天井を仰いで、かすかな記憶の糸を辿っている。

「そのお店が特定できたら、なんとか捜せるんと違うかなぁと思います」

　こいしがすがるような目を森山に向けた。

「これも記憶があいまいなのですが、たしか魚屋町という地名を書いたような気がします」

　森山はこいしのノートを借りて、魚屋町という三文字を書いた。

「たしか御所の近所にそんな名前のとこがあったような気がするなぁ。ヒントになる思います。これを手掛かりにして、お父ちゃんに頑張って捜してもらいますけど、気になることがふたつありますねん」

　こいしが森山の目をまっすぐに見た。

「なんでしょう？」

　森山が視線を返した。

「その鰻丼が見つかったとして、森山さんはそれを食べるどころか、見てもやはらへんのやから、合うてるかどうか分かりませんよね。もっと言うたら鰻丼と違うたかもしれませんやん。それでもええんですか？」

「もちろんです。おっしゃるとおり、それがなんだったか、なぜそれだったのか、が分かれば充分です」

　森山が迷いなく言いきった。

「もうひとつ。このお話やと、先方さんにもたしかめんとあかんと思います。森山さんが捜してはるていうことをお伝えしてもよろしいんやろか」

こいしが訊いた。

「それも承知しております。ただ、その後のことが分からないためたどり着けないかもしれません。もしお会いになることがあるようでしたら、どうぞありのままをお伝えください」

「分かりました。お父ちゃんにもそう伝えます」

こいしはノートを閉じて、ゆっくりと立ちあがった。

「あんじょうお聞きしたんか」

ふたりが食堂に戻ると、流が厨房から出てきた。

「ちゃんとお聞きいただきました。長い話で申しわけありませんでした」

森山が流とこいしに頭を下げた。

「よろしおした」

流が和帽子を取ってにこりと笑った。

「次はどうすればよろしいでしょうか？」

森山が訊いた。

「だいたい二週間あったら捜してきはるので、そのころに来ていただけますか。こちらから連絡しますんで」

こいしが答えた。

「承知しました。今日のお食事代と探偵料のお支払いを」

森山が財布を出した。

「捜しだしてからでけっこうです。今日の料理代も一緒で」

「承知しました。どうぞよろしくお願いいたします」

森山は一礼してコートを手にした。

「早いこと暖こぅなって欲しいですな」

店の外へ送りに出て、流が灰色の空を見上げた。

「春はまだ遠いのでしょうな」

おなじ空を見上げてから、森山が正面通を西に向かって歩きだした。

「なんや。難しい顔してからに」

森山の背中を見送りながら、流が肘でこいしをつついた。

「いろいろ複雑な気持ちなんや。捜すのはそない難しいない思うけど」

目を合わせずにこいしが肘でつきかえした。

「難しいこと考えんでええ。わしらは頼まれたもんを捜すだけや」

「それは分かってるんやけど」

森山が見えなくなると、ふたりは店に戻った。

2

二週間も経つと季節は一気に進む。家を出るときにコートを着るべきかどうか迷ったあげく、コートなしにしてよかった。

『東本願寺』を左手に見ながら、森山はたっぷりと日差しを浴び、信号が青に変わるのを待った。

慣れた足取りで烏丸通を北に向かう道すがら、ざわつく胸を押さえては空を仰ぐ。それを何度か繰り返すうち、目指す店の前に立った。

「こんにちは」

引き戸を開けて森山が店のなかを覗きこんだ。

「おこしやす。お待ちしとりました」

出迎えて、流が和帽子を取った。

「ご連絡ありがとうございました」

敷居をまたいで、森山が腰を折った。

「捜すだけでええていうお話でしたけど、やっぱり食べてもらわんとあきまへんやろ。すぐにお持ちしますさかい、どうぞお掛けください」

流がパイプ椅子を引いた。

「ありがとうございます。やっぱり鰻丼でしたか？」

紺のジャケット姿の森山がパイプ椅子に腰掛けた。

「間違いおへん。それも上等の鰻丼っちゅうか鰻重でした。鰻は好物やて聞いてますけど、江戸ふうがお好きなんですな」

「ええ。でも、それをどうして？」

森山が流の顔を見上げた。

「その話もあとでゆっくりさせてもらいます。まずは召しあがってください」

流が厨房に向かって声を掛けると、間髪いれずにこいしが手長盆に載せて、折詰を運んできた。

「捜してはったんはこれやと思いますけど、一番初めのんとはちょっと違います。詳しいことは、あとでお父ちゃんが説明してくれはります。お茶も置いときますよって、ゆっくり召しあがってみてください」

こいしは紙に包まれたままの折詰を森山の前に置いた。

「ありがとうございます」

森山が折詰をじっと見つめていると、流とこいしは目くばせをして下がっていった。

不たしかだが、去年送られてきたのと、おなじ包みのような気がする。

ほんのりと香ってくる鰻の匂いに、わずかに心が動く自分が疎ましかった。なんと卑しいのかと卑下しつつ、ゴミ箱に投げこんだのだった。

包みを解いていいのか。ましてやそれを食べていいのか。まだ森山はためらっている。

腕組みをした森山は、折詰を穴が開くほどじっと見つめたまま身じろぎもしない。

時間にすればわずかなのだが、森山のなかでは何年ものときが流れた。

いつまでもおなじことを繰り返していたのでは、敏一に対して申しわけないではないか。意を決した森山は、もどかしげに紐（ひも）を解き（ほど）、包み紙をはずして折箱のふたを取った。

ご飯が見えないほど大きな鰻が一匹半載っている。背開きにした鰻が三切れ、見るからにふっくらとしていて、まさに森山好みの江戸前鰻だ。一匹でもぜいたくなのに、一匹半も載っている鰻丼は初めて見た。

割り箸を割って、森山はそっと箸を入れ、鰻とタレの染みたご飯を口に運んだ。もちろんあたたかくはないが、冷たくもない。蒸しの入った鰻は江戸ふうらしいやわらかさで、ご飯と一体になって喉を通っていく。

ふた口、三口と食べ進むうち、森山は込みあげるものを抑えきれなくなった。目尻から涙があふれ出るのだが、森山にはそのわけが分からない。哀しいと言えば哀しいし、寂しいと言えば寂しい。怒りの涙と言えなくもない。そんな気持ちがすべて入り混じっているのかもしれない。

誰かひとりでも悪人がいれば、そこに怒りをぶつけることができるのに、誰も悪くないのだ。それでも敏一はそのとき命を落とした。持って行き場のない憤りは、いつしか鰻丼に向けられていた。

誰にも向けることができない怒りや苦しみは、送られてきた鰻丼をゴミ箱に投げこむことで、わずかながらやわらいでいた。鰻丼からすれば理不尽な仕打ちだっただろう。どんなものにもすべて魂がある。それがもっともたいせつな人形師の心得だということを、すっかり忘れ去っていた。

ひとは人形を身近に置き、心を寄せることで喜怒哀楽を共にする。なればこそ人形師は人形に魂をこめる。代々受け継がれてきた心根をおろそかにしていた自分を恥じた。

まるでそれが敏一を死に追いやった魔物でもあるかのように、鰻丼を忌み嫌い、好物なのに避けていたことが、なんとも滑稽に思えてきた。六年ものあいだ、いったいなにをしていたのだろう。

うらむわけにはいかないと思いながら、正直なところ、敏一が助けた子どもも、その父親もうらんでいた。

不思議なことに、鰻丼を食べるうち、まるで霧が晴れるように、うらむ気持ちも憤りもすーっと消えていった。あの日からずっと胸のうちに渦巻いていた泥水の流れから濁りが消え、透き通っていくのが分かる。

なぜなんだろう。いつの間にか食べ終えて空になった折箱を、森山は不思議そうに見つめている。

「どないです？　お口に合うてますかいな」

「とても美味しいです。というより、なんだか岩清水を飲んだあとのような、さわやかな気持ちになっているのが不思議でなりません」

「よろしおした。熱々はもちろんやけど、鰻丼っちゅうもんは冷めても旨いんですな」

「てっきりレンジであたためて出してくださるのかと思っていました。冷めた鰻丼を食べるのはこれが初めてかもしれません。これをわたしはずっとゴミ箱に放りこんでいたのですね」

森山は空になった折箱を愛(いと)おしそうに両手で包みこんだ。

「座らせてもろてもよろしいやろか」

「どうぞどうぞ。詳しい話をお聞かせください」

森山が中腰で手招きすると、流は和帽子を取って、向かい側に腰掛けた。

「今食べてもろた鰻丼は、京都の錦(にしき)市場にある『大黒屋』っちゅう川魚屋はんが、特別に作らはったもんです。このお店でしてな」

流がタブレットの画面を森山に向けた。

「鰻屋さんではないんですね。特別にと言いますと？」

タブレットを見ていた森山が顔を上げた。

「お名前は忘れてしまわはったかもしれまへんけど、敏一はんが助けはった今西宙(いまにしそら)くんのお父さん、今西伸郎(のぶろう)はんがこの大黒屋はんに注文して送ってもろてはったんです」

「今西宙くん、たしかにそんな名前でした。そのお父さんがなぜわたしに鰻丼を？」

「森山はんが覚えてはった魚屋町という地名と、ダイコクという屋号から、去年届いた鰻丼のことは簡単に分かりました。事情を話してご主人に訊いたら、今西はんのことを教えてくれはったんです」

「なぜ鰻丼なのかという答えをですか？」

森山が身を乗りだした。

「ちょっと長ぅなりますけど、『大黒屋』のご主人から聞いた話をかいつまんでお話しします」

座りなおして、流が背筋を伸ばした。

「お願いします」

森山がこくりとうなずいた。

「ほんまのこと言いますとね、今西伸郎はんに会いに行って、話を聞こうと思うたんです。けど、長浜に着いて電話した段階で今西はんが固辞しはりましてな。森山はんが忘れたいて思うてはることを、自分があれこれ言うわけにはいかん。そう言うて断らはったんです。今西はんは滋賀県に引っ越して、長浜で小さい豆腐屋はんをやってはります」

「長浜ですか。湖北ですよね」

「寒いとこですな。わしが行ったときはようけ雪が積もってましたわ」

「なぜ長浜に？　ご親戚でもおられたのでしょうか」

「そのことはあとでお話しします。まずは鰻丼の話の続きをさせてもらいますとな、一番初めに届いた鰻丼は、錦市場の近くにあった『江戸卯』という鰻屋のもんでしたんや。けどその店は廃業してしまわはりました。かなりのお歳で後継者が居られなんだんやそうです。それでその『江戸卯』に鰻を卸してはった『大黒屋』はんが、今西はんの頼みであとを引き受けはったんです」

「なるほど。途中で替わったのはそのせいだったんですね。そこは分かりました。わたしが知りたいのは、なぜその『江戸卯』の鰻丼を送ってこられたのか、なんです」

　森山はもどかしげに顔をゆがめた。

「始まりは行き違いやったんです」

流が森山の目をまっすぐに見た。

「行き違い？　どういう意味です？　間違ってうちに届いたということですか」

　森山が気色ばんだ。

「森山はんのところへ最初に送られてきた鰻丼は、敏一はんがお父さんに食べてもらおうと買わはったもんやったんです」

「わたしに？　敏一が？　なぜそれを今西さんが？」

　森山は立て続けに疑問を投げた。

「紙袋に入った鰻丼は、岸辺に残された宙くんのランドセルの上に置いてあったんやそうです。それで警察が宙くんのもんやろと思うて今西はんのとこに届けはった。落としもん扱いにせなんだんですな。もちろん今西はんには覚えがないし、宙くんも知らんて言うもんやさかい、『江戸卯』へ持って行って訊ねはったんやそうです。そしたら敏一はんが買わはったということが分かって、森山はん宛てに送らはったんですわ」

「それならそうと言ってくだされればよかったのに」

　顔をしかめて森山が語気を強めた。

「中身も見んと捨てはったみたいですけど、紙袋のなかには今西はんの手紙が入ってましたんや。宙くんが書いた手紙と一緒に」

「そうだったんですか。敏一がわたしに……」

　森山はがっくりと肩を落とした。

「ここまでのことは、今西はんが『大黒屋』はんに鰻丼を作って送ってもらうように頼まはったとき、大将に経緯を説明なさった話です。そうやないと川魚屋はんに鰻丼を作ってくれて言うても断られますさかいな」

「鰻屋さん以上に美味しい鰻丼でした」

森山は折箱に目を遣った。

「『大黒屋』はんの大将は『江戸卯』のご主人からレシピを聞いて、忠実に再現しはったらしいです。『江戸卯』のご主人は敏一はんが買いに来はったときのことをよう覚えてはったんやそうです」

「敏一はどんな様子だったんですか?」

森山は首を伸ばし、流に顔を近づけた。

「そのことはこいしが行ったときに大将から聞いてきよったんです」

流が話を振ったことに気付き、こいしが厨房から出てきた。

「敏一さんは、人形師の跡を継ぐために京都で修業してるんやて、〈江戸卯〉のご主人に嬉しそうに言うてはったんやそうです。久しぶりに家に帰るので、父親の好物の鰻丼を買いに来たんやて千円札を三枚握りしめてはったらしいです」

こいしがしんみりと話した。

「敏一はわたしに似ず、まじめな子でしてね、仕送りも要らないと言って、修業先からいただくわずかなお小遣いだけで、質素な暮らしをしていました。それも初めてもらったときは、育ててくれたお礼だと言って、そのままわたしに……」

森山はあとの言葉を続けられず、小さく嗚咽を漏らした。

「『江戸卯』のご主人は後継者がやはらへんかったんで、うらやましい思わはったみたいです。それでふつうは一匹付けの鰻丼やけど半匹おまけしてあげはったんやそうです。しっかり跡を継ぎや言うたら、敏一さんは力強く、はい！　て答えはった」

こいしも涙声になって、あとの言葉を呑みこんだ。

「敏一はわたしの好物が江戸ふうの鰻だから、それを手土産にしようとその鰻屋へ寄ってたんですね。つまり、そんなことをしなければ、溺れそうな子どもに出会うこともなかった。死ぬこともなく跡を継いでいたはずなんだ。鰻なんて買わなければ……」

森山がこぶしを握りしめ、声を震わせた。

「きつい言いかたになるかもしれまへんけど、森山はんがそう思わはったら、敏一はんも浮かばれまへんやろ。ひとがひとの命を救う。お父さんの好物を買いに寄ったがために、息子はんはこんな尊い行いをしはったんや。誇りに思うてあげたら、それでよろしいがな」

流が諭すように言葉をつないだ。

「頭ではそう分かっているんですよ。でも、この奥底がね、奥底のほうが……」

森山は何度もこぶしで胸を叩いた。

「お気持ちはようよう分かります。わしも自分の身に置き換えたら、森山はんとおんなじになる思います。自分のことと違うさかいて言われたら否定できまへんけど、これも神さんが決めはった運命なんと違いますやろか」

涙をためた目を、流が森山に向けた。

「運命、ですか」

森山はうつむいたままだ。

「ひとの生き死にっちゅうもんは、自分で決められしまへん。天にゆだねるしかないんですわ。わしも悔しい思いをしたさかい、運命てな言葉で気持ちが収まらんことは、ようよう分かってます。けど、やっぱり運命としか言えんのですわ」

流のほほをひと筋の涙が伝った。

「うちらはお母ちゃんの最期を看取れたけど、森山さんはそれも叶わへんかったんですよね。お気持ちは痛いほど分かります。きっと将来は立派な人形師さんにならはったやろし」

こいしが言葉をはさんだ。

「たしかに命は落とさはったけど、敏一さんの遺志はちゃんと受け継がれてる思います」

「敏一の遺志を？　誰がです」

森山が訊いた。

「宙くんです」

こいしがそう答えると、流はタブレットを操作しはじめた。

「よく意味が分からないのですが」

森山は不快な気持ちを隠そうとせず、怪訝な顔付きをふたりに向けた。

「わしも元刑事でっさかい、当時の状況を詳しいに調べてみたんですわ。そしたら宙くんは川で遊んどったんやなしに、川に落ちた子犬を助けよう思うて鴨川に入って行って流れに足を取られてしもうたみたいです。結果的にその子犬は自力で岸に泳ぎ着いて助かったんですけどな。その子犬はこない大きいなってます」

流が秋田犬の写真を見せると、森山は深いため息をついた。

「そんなことがあったんですか」

「この犬の飼い主が、仏師の松木慶雲はんやったていうのも不思議な因縁や思います」

「え？　あの慶雲さんの、ですか？　人形と仏という違いはありますが、わたしの目標でもある、偉大な仏師さんです」

　森山の表情が大きく変わった。

「やっぱりご存じでしたか。ほんまに縁っちゅうのは不思議なもんですな。宙くんはこれがきっかけになって、慶雲はんのところで仏師の修業をしとるみたいです」

「ひょっとして、そのために長浜へ？」

「そうです。慶雲はんのお家は京都やけど、仏像は長浜で作ってはりますさかいに。宙くんは学校に通いながら、慶雲はんの工房で仏像作りを習うとるんやそうです」

「宙くんが慶雲さんのところで……」

　森山は驚きを隠せずにいる。

「その縁をつながはったんは、ほかならん敏一はんですわ。宙くんはお父さんから敏一はんのことを聞いて、代わりに自分が人形師になるて言うたんやそうです。で、その話を聞いた慶雲はんが、仏師になることを奨めはったということですねん。慶雲はんによると、宙くんは仏師になるために生まれてきたと言うてもええぐらいの才能を持ってるみたいです。敏一はんが亡くならはって一年経ったときには、仏像らしきもんを彫るようになって、今ではお寺はんに納める仏像を彫れるようにまで成長しはったんやそうです。わしも実物を拝ましてもらいましたけど、ほんまに神々しいっちゅうか、ありがたい仏はんでした」

流がタブレットを操作して、仏像の写真を見せた。

「当時はたしか十歳でしたから、今は十六歳くらいですか。その歳で仏像を彫るなんて……」

目を細めて写真に顔を近づけた森山が、金縛りにでもあったかのように、身を硬くして身じろぎひとつしなくなった。

「どないかしはりました？」

心配そうにこいしが森山の顔を覗きこむ。

「この仏さま……」

森山はタブレットに両手を伸ばし、高く捧げもった。

「ええお顔してはりますやろ。快慶はんにも負けんぐらい、素晴らしい仏はんですわ」

流が言葉をはさんだ。

「敏一……」

タブレットを胸に抱いて、森山は大粒の涙を流しはじめた。

流とこいしは顔を見合わせ、首をかしげている。

流れる涙を拭うこともなく、森山はじっとタブレットを抱き続け、しばらく経ってようやくもとに戻した。

「これをご覧いただけますか」

森山はスマートフォンを取りだし、待ち受け画面をふたりに見せた。

「あ！」

その瞬間、こいしが小さく声をあげ、流は大きく目を見開いて、スマートフォンに顔を近づけた。

「生きうつし、とでも言えばいいのでしょうか。この仏さまのお顔は敏一そのものです」

森山がタブレットの横にスマートフォンを並べた。

「似てるてなもんやおへんな。おんなじ顔ですがな」

「敏一さんて仏さまみたいな顔してはったんですね」

こいしは思わず手を合わせた。

「わたしも人形を彫っていますと、誰かの顔に似ているなと思うことがよくあるんです。そんなときは勝手に指が動いて、どんどん顔ができてしまう。不思議だなと思うんですが、そうなっていくんです。宙くんもきっとそうだったのでしょうね」

森山は愛おしげにタブレットの仏像を撫でた。

「こんなことがあるんですなぁ。神がかりとしか言えまへん」

タブレットとスマートフォンを交互に見ながら、流は何度も首を横に振った。

「なんだか力が抜けてしまいました。ホッとしたというか、憑きものが落ちたような、不思議な気分です」

森山は目を細め、スマートフォンを胸ポケットにしまった。

「命は途絶えても、心は途絶えることがない。この仏さんには敏一はんの心が入っているように思います」

「うちもそう思います」

「ありがとうございます。よく捜しだしてくださいました。心からお礼申し上げます」

立ちあがって森山が深々と頭を下げた。

「食を捜す仕事をしとって、ほんまによかった。冥利に尽きますわ」

流がそう言うと、横でこいしが大きくうなずいた。

「そうそう。探偵料と前回のお食事代を」

森山が財布を出した。

「うちは特に料金を決めてしませんん。お気持ちに見合う額をこちらに振り込んでください」

こいしがメモ用紙を手渡した。

「承知しました。早々に」

森山はメモ用紙を財布にはさんだ。

「いっつもやったらレシピやとか食材やらをお渡しするんでっけど、要りまへんやろ。代わりにて言うたらなんやけど、魚屋町の『大黒屋』はんと、長浜の『今西豆腐店』はんの連絡先を書いときましたんで、好きに使うてください」

「お気遣い感謝いたします」

流がコピー用紙を差しだすと、森山は両手で受け取って一礼した。

森山が敷居をまたぎ、流とこいしはそのあとを追って見送りに出た。

「今日はこれからどちらへ？」

こいしが訊いた。

「奈良へ戻って、敏一の墓へ報告に行こうと思っています」

「宙くんのことでっか？」

流が訊いた。

「ええ。わたしだけでなく敏一もきっと、魚の小骨が喉に刺さっていただろうと思いますので」

森山が喉仏をさすった。

「よろしおした。敏一はんも安心しはりますやろ」

流が笑顔を森山に向けた。

「正直に申しあげますと、敏一はけっして手先が器用な子ではありませんでした。修業先の師匠からもたびたび小言を受けていたようです。宙くんの力を借りて、敏一も喜んでいるような気がしてきました」

森山が晴れやかな顔で空を見上げ、正面通を西に向かって歩きはじめた。

「ご安全に」

流が和帽子を取って一礼すると、森山は振り返って頭を下げた。

「よかったなぁ。ほんまによかったわ」

こいしが目尻を小指で拭った。

「神さんはよう見てくれてはる」

見送ってふたりは店に戻った。

「寒い寒い言うてたけど、春がもうそこまで来てるみたいやで、お母ちゃん」

こいしが仏壇に駆け寄った。

「冬の次はかならず春になる。桜が咲かん年はない。そうやな掬子（きくこ）」

流が線香を上げた。

「お母ちゃんと一緒に、もういっぺんお花見したかった」

こいしは両手を合わせ、かたく目を閉じた。

第二話　いなり寿司

1

甲斐菜美恵（かいなみえ）が住む北海道の美瑛（びえい）から、京都へ旅するとなれば、新千歳空港から大阪国際（伊丹（いたみ））空港まで飛んで、リムジンバスを使うことになる。ゆうに半日は掛かるのだ。

自宅を出たのは日付が変わる前だったのに、京都駅前に着いたのは、お昼をとうに回った時間だった。

リムジンバスを降り立った菜美恵は、冬空を見上げ、ぶるっと身震いした。気温なら美瑛のほうがはるかに低いはずなのだが、ほほに当たる風は京都のほうが冷たく感じる。

黒いダウンコートのジッパーを首元まで上げ、菜美恵はキャリーバッグを引いて京都駅ビルに入りこんだ。

外はどんなに寒くても、建物に入れば暖房がしっかり効いている北海道と違い、京都はビルのなかでも冷たい空気が漂っている。

ひと通りが少ないのはコロナ禍のせいなのだろうか。それともシーズンオフだから観光客が少ないのか。ひとが少ないと余計に寒く感じる。菜美恵は早足になって、地下通路を北へ向かった。

京都を訪れるのは何年ぶりだろう。松江に住んでいたときに、小学校の修学旅行で来て以来だから、かれこれ三十年近くになる。金閣寺ぐらいしか記憶にないのだが、松江に比べて暗い街だと思ったことだけは、はっきりと覚えている。

地下通路の北の端から地上へ出ると、あのときの思いがよみがえってきた。

地図に東本願寺と書かれているから、寺の塀なのだろう。長く続く塀の奥には、瓦屋根の巨大なお堂が建っている。

生まれてから六年間住んだ沖縄でも、小学生から二十三歳まで暮らした松江でも、そのあと移り住んだ北海道でも、寺を見かけることは、ほとんどなかったような気がする。

なんとなくではあるが、この街ならあのいなり寿司が見つかるかもしれない。淡い期待が菜美恵の足取りを軽くした。

地図の向きを変え、正面通を東へ歩くと、仏具商や仏壇屋が軒を並べ、いかにも京都らしい光景が菜美恵の瞳に映る。一軒一軒、注意深く様子を窺いながら、『鴨川食堂』を探す。看板も暖簾もない、ふつうの民家だから見過ごしてしまう。〈料理春秋〉の大道寺編集長は、そう言って地図に赤い印を付けてくれた。

その印が正しいなら、おそらくこの建物だろう。しかし菜美恵のイメージする食堂とは、あまりにもかけ離れている。

おそるおそるといったふうに、菜美恵はゆっくり引き戸を引いて、小さく声を掛けた。

「こんにちは」

しんと静まり返った店のなかに菜美恵の声が吸いこまれていった。

返事はないが、整然と並んだテーブルと椅子、小さなカウンター席は、ここが食堂だということを、はっきりあらわしている。

漂ってくる美味しい匂いは、今しがたまで誰かが食事をしていた証だ。ダウンコートを脱いでから、さっきより少しばかり大きな声で菜美恵はもう一度呼んでみた。

「すみません。どなたかおられますか」

「はーい、ちょっと待ってくださいね」

女性の明るい声が奥から返ってきた。おそらく大道寺が話していた、『鴨川探偵事務所』の所長だろう。菜美恵は唇をまっすぐ結んで背筋を伸ばした。

「お待たせしてすんません。あれ？　お父ちゃんは？」

白いシャツにブラックジーンズ、黒いソムリエエプロンを着けて出てきた女性が店のなかを見まわしている。

「どなたもおられないみたいですよ」

菜美恵もおなじ仕草をした。

「お食事ですか？」

女性が訊いた。

「いえ、食を捜していただきたくてまいりました」

「そうやったんですか。うちが『鴨川探偵事務所』の所長をしている鴨川こいしです」

「北海道の美瑛から来ました甲斐菜美恵です。どうぞよろしくお願いいたします」

「北海道、えらい遠いとこから来てくれはったんやね。まぁ、どうぞお掛けになってください」

こいしがパイプ椅子を引くと、菜美恵は一礼してから腰をおろした。

「〈料理春秋〉の大道寺編集長からこちらのことをお聞きして」

菜美恵が名刺を差しだした。

「ベジナチュ美瑛副代表……」

肩書を読んで、こいしが首をかしげた。

「たいそうな肩書ですけど、ただの農家です。ネット通販を始めたときに付けた名前なんですよ」

菜美恵が口元をゆるめた。

「副代表ていうことは、ご主人が代表ですか？」

名刺をテーブルに置いて、こいしが菜美恵と向かい合って座った。

「そうなんですけど、ちょうど一年前に出ていったきり、主人は帰ってこないんです」

菜美恵が笑った。

「笑いごと違いますやん。それとも冗談ですか？」

「冗談じゃないですよ。でも笑うしかなくて。おかしなひとと一緒になってしまったなぁと」

菜美恵が笑顔のままで答えた。

「捜してはる食と、そのことと関係があるんですか？」

「あるような、ないような。主人とは直接関係ないんですけど。あ、元主人、です。ひと月前に離婚が成立しましたから」

「深刻な話や思うんですけど、えらい明るいですね」

こいしが菜美恵に笑みを向けた。

「最初の三月(みつき)ほどでしたね。深刻だったのは。雪解けのころには、もうあきらめちゃいました」

「お父ちゃんもどっか行ってしもて、帰ってきぃひんみたいやし、奥でお話聞きましょか」

「いいんですか。食堂のほうは」

「こんな時間から来はるお客さんもないやろし、鍵掛けときますわ」

こいしが内鍵を閉めた。

菜美恵はキャリーバッグを店の隅に置き、ハンドルにダウンコートを掛けた。

「探偵のほうはこの奥ですねんよ」

こいしが奥の戸を開けると、長い廊下が続いている。菜美恵はこいしのあとを歩きはじめた。

「聞きしに勝る、ってこういうことですね。編集長から聞いてはいたんですが、こんなにいろんな料理をお作りになるとは。ぜんぶお父さんの料理なんでしょ」

菜美恵は時折歩みを止めて、廊下の両側の壁に貼られた写真に見入っている。

「料理を作るのが好きなんやろね。いっつも愉しそうに料理してはりますわ。そうそう、茜さんとはどういうご関係なんです？」

立ち止まってこいしが振り向いた。

「恩人なんです。突然主人が出ていってしまって、途方に暮れていたとき、わらにもすがる思いで〈料理春秋〉宛てに手紙を書いて、あれこれとお訊ねしたんです。そしたらすぐに返事をくださって」

「どんなことを訊かはったんです？」

「なにからなにまで、すべてです。畑仕事から出荷先やら値付けのことなど、なにもかも主人まかせだったので、なにをどうすればいいか、まったく分からなかったんです。そんなとき、たまたま入ったカフェに置いてあった〈料理春秋〉を見ていたら、食に関することならなんでもお訊ねください、というコーナーがあって、そこへ送りました」

「そういうたら、そんなコーナーがあったような。読者のページてあんまり読んでへんし」

こいしがペロッと舌を出した。

「ていねいに回答してくださっただけでなく、いろいろと相談にも乗っていただいて。今日があるのは大道寺さんのおかげなんです」

「茜さんは、ほんまにええひとやしね」

こいしが前を向いて歩きはじめた。

「この写真がお父さんですか？」

菜美恵が写真に目を近づけた。

「刑事やってたころの写真やから、目つきが鋭いでしょ。今はもうちょっとやさしい顔してはりますよ」

こいしが苦笑いした。

「隣におられるのがお母さまですね。こいしさんにそっくり」

「歳とったらだんだんお母ちゃんに似てきましたわ。死んだら歳とらへんしええなぁ思います」

「え？」

菜美恵が高い声を出した。

「お父ちゃんとふたりで暮らしてるんですよ」

廊下の突き当たりまで歩いて、こいしがドアを開けた。

「そうだったんですか」

声を落とした菜美恵は、しばらく写真から目を離さなかったが、開いたドアの前で立ち尽くしているこいしを見て、あわてて部屋に入った。

菜美恵がロングソファに腰かけると、こいしは向かい合って座る。

「早速ですけど、探偵依頼書に記入してもらえますか」

こいしはバインダーをローテーブルに置いた。

「はい」

受け取って菜美恵は、バインダーを膝の上に置き、ペンを手にした。

「お茶かコーヒーかどっちがよろしい？」

こいしが立ちあがった。

「お茶をいただきます」

ペンを走らせながら菜美恵が答える。

「そや。うっかりしてた。お腹空いてはりません?」

ポットの湯を急須に入れながら、こいしが訊いた。

「実は空いているんです。流さんは凄腕の料理人で、きっと美味しいものが食べられるはずだ、って編集長さんから聞いてお腹を空かせてきたんです」

バインダーをテーブルに置き、菜美恵はお腹を押さえてみせた。

「そうやったんですか。ちょっと待ってくださいね。お父ちゃんに連絡してみますし」

こいしがスマートフォンを耳に当てた。

「お忙しくなさっているんじゃないですか? 食捜しだけで今日は充分ですから」

菜美恵が小声で口をはさんだ。

「おかしいなぁ。どこ行かはったんやろ」

左右に首をかしげてから、こいしはスマートフォンをテーブルに置いた。

「ほんと大丈夫です。どうぞお気になさらずに」

「すんませんねぇ。せっかくお腹空かせてきてもろたのにお茶だけで」

こいしはふたつの湯呑に茶を注ぎ分け、茶托に載せて菜美恵の前に置いた。

「ありがとうございます。うちの家にもこれとおなじような器がたくさんありました」

黄色い湯呑を両手で包みこみ、菜美恵はそっと口に運んだ。

「お父ちゃんが好きで集めてはるんやけど、ぽってりした感じがええでしょ」

こいしが湯呑を手に取った。

「うちも父が集めていました。と言っても、趣味じゃなくて仕事だったんですけどね」

「陶芸家さんですか？」

「いえ、陶磁器の研究家です」

「学者さんかぁ。気難しそうですね。差しつかえなかったら、ご実家の住所とか、ご家族のお名前もお願いできますか」

こいしがバインダーをローテーブルに置きなおした。

「今も健在かどうかは分かりませんけど、いちおう書いておきます」

膝の上ですらすらとペンを走らせ、菜美恵はバインダーをもとに戻した。

「それで、甲斐菜美恵さんはどんな食を捜してはるんです？」

バインダーを横目にしながら、こいしは開いたノートの綴じ目を手のひらで押さえた。

「いなり寿司なんです」

菜美恵が短く答えた。

「おいなりさんですか。えらいシンプルなもんやな」

「捜し甲斐がないですか？」

菜美恵が上目遣いでこいしを見た。

「いや、そんなことないです。こういうシンプルなもんほど捜し甲斐がある、て、いっつもお父ちゃんが言うてはります」

「所長はこいしさんだけど、実際に捜してくださるのは流さんなんですってね」

「そうなんです。うちは聞き役専門。で、どんないなり寿司なんです？　お店で食べはったん？　それとも誰かが作らはったんですか？」

こいしがペンをかまえた。

「たぶん母が作ったものだと思います。十五年も前のことですから、だんだん記憶が薄れてきてますけど」

菜美恵がテーブルに目を落とした。

「たぶん、て、どういう意味なんです？　お母さんの手作りと違うかもしれん、ていうことですか？」

「母が持ってきたのは間違いないのですが、言葉も交わしてないし、顔も見てないので、手作りなのか買ってきたものか、分からないんです」

「込み入った事情がありそうですね。詳しいに聞かせてもろてもよろしい？」

　こいしがひと口茶をすすった。

「少し長くなりますけどいいですか？」

「もちろん。うちはお話を聞かせてもらうのが仕事ですし」

　こいしが居住まいをただした。

「生まれは沖縄なのですが、父の仕事の関係で、六歳のときに松江に引っ越しました。小、中、高、大学とずっと松江で学んで、大学を卒業して一年と経たず家を出ました。親に内緒で家出したんです」

「ご実家のある松江市から、北海道へ行かはったんですね」

　こいしが言葉をはさむと、菜美恵はこっくりとうなずいた。

「好きな男性ができて、結婚したかったのですが、父親に猛反対されて」

　菜美恵が湯呑に口をつけた。

「お父さんより彼を選んだというわけですね」

「彼を選ぶ、というより、とにかく父から離れたかったんです」

「お父さんが嫌いやったんですか？」

「好きとか嫌いとかではなくて、まったくわたしに自由を与えなかった父から逃げ出したかった。家を飛び出した一番の理由はそれだったと思います。結婚はおろか、彼との交際すら認めてくれませんでした」

「きびしいお父さんなんですね」

「きびしい、なんてものじゃありませんでした。高校生までは門限が六時、大学に入っても九時までに帰らないと、こっぴどく叱られるんです。男女交際なんてもってのほか。女友達でも手をつないで歩いているだけで、父は変な目で見る。いつの時代のひとなんだ、って思っていましたよ」

「その不満を一気に爆発させはったんや」

こいしはノートに火山のイラストを描いている。

「あのままだったら、きっとわたしは一生結婚できないか、そうでなければ父から押し付けられた相手と一緒になるしか道はなかっただろうと思います」

宙に遊ばせていた眼差し（まなざ）しを、菜美恵がこいしに向けた。

「相手の男性とは、どこで知り合わはったんです？　父親の目をかいくぐらんならんし、たいへんやったでしょう」

こいしがやさしい視線を返した。

「大学のゼミで農業研修をしていて、彼はその講師だったんです。有機農法だとか、わたしが疑問に思っていたことに、彼はすらすらと答えてくれて、最初は一方的にわたしが好意を持ってしまったんです。父の監視の目が気になったので、一対一のデートなんか一度もしないまま、彼にプロポーズされたんです。一緒に農業をやらないか、って」

菜美恵の頬が微かに紅く染まった。

「どんな気持ちでした？　実質的には初恋やもんね。ときめいたでしょ」

こいしはノートにハートマークを並べた。

「複雑でしたね。これでやっと父から離れられるという気持ちと、父は絶対反対するに決まってますから、その難関をどうやって突破すればいいか、悩んでばかりで頭が破裂しそうでした」

菜美恵が顔をしかめた。

「お母さんはどう言うてはったんですか？」

こいしが訊いた。

「うちは父が絶対君主でしたから、母はいっさい口出ししません。なにもかも父のいいなりで、母が父に逆らうなんて一度も見たことがありませんでした。父は沖縄生まれですが、母は津軽地方の生まれで訛り(なま)が気になるのか、寡黙なひとなんです」

「今の世の中にもそんな夫婦がやはるんや。たしかにいつの時代の話やねん、て思いますね」

こいしがあきれ顔を左右に振った。

「小学生くらいまでは、それがふつうだと思っていました。中学生になったころから、うちだけが異常なんだと気付きはじめて、でも、どうしようもありませんでした。逃げるしかなかったんです」

菜美恵がため息をついた。

「逆ろうたりしたら暴力を振るわれるんですか？」

こいしが眉をひそめた。

「それはありませんでした。父が手をあげることは一度もありませんでしたし、声を荒らげることもありません。暴力的じゃないから、余計に凄みがあるんです。有無を言わさぬオーラみたいなものがありました」

「新興宗教の教祖さんみたいな感じかなぁ」

「少し違う気がしますけど」

菜美恵が笑顔をゆがめた。

「そのことと、いなり寿司がなにか関係してるんですか？」

「肝心なお話をしなければいけなかったですね」

　茶をひと口すすってから菜美恵が続ける。

「清水の舞台から飛び降りる、ってこういうときに使っていい言葉でしたっけ。ほんとうに決死の覚悟で家出をして、彼のところへ行こうとした前の夜です。父に気付かれないよう、ふつうに夕食を終え、風邪気味だから早く休むと言って、部屋にこもって荷造りをしました。キャリーバッグに必要最小限の荷物を詰め、ありったけの貯金と必要な書類やらなんやらを詰めていたときです。部屋の前にひとの気配を感じたんです。父に気付かれたかと思って、あわてて電気を消して布団に潜りこんで、じっと息をひそめていましたが、気配を感じなくなったので、そっとドアを開けてみると、お皿にいなり寿司が盛ってあって、ラップに包まれて置いてあったんです」

　菜美恵は潤んだ瞳を閉じた。

「お母さんにも内緒にしてはったんでしょ？　勘が働いたんやろねぇ。ええお母さんや」

　こいしも目を紅く染めている。

「母はそれほど勘のいいほうではないと思っていたので、ただの気まぐれかなぁと思っていたのですが、食べはじめると、なぜか急に涙が出てきて止まらなくなったんです。哀しいとか嬉しいとか、そんな感情はまったく湧いてこないのに、ただ涙だけが出てきて」

菜美恵が目尻を小指で拭った。

「母親て子どものことになったら、ものすごく勘が働くんや思います。うちにもそういう経験があるさかい、よう分かります。子どもを思う気持ちが超能力を生みだすんやないかと思いますねん」

こいしが涙目で言った。

「そのとき流した涙の意味がちゃんと分かったのは、ごく最近なんです。うといにもほどがある、って自分でもあきれています」

菜美恵が肩をすくめた。

「どんな意味やったんです？」

こいしが訊いた。

「父から離れていくのは念願だったのに、いざそのときが来れば、やっぱり寂しかったんだと。家出という手段しか取れなかった自分が不甲斐なくて。今にして思えば、あれは悔し涙だったんだろうと思います」

「お母さんは板挟みになって辛かったやろなぁ。娘の願いも聞いてやりたいけど、お父さんの言うことは絶対やし。せめてもの思いをいなり寿司に託さはったんですやろね。けど、なんでいなり寿司やったんやろ。菜美恵さんの好物なんですか？」

　ノートにいなり寿司のイラストを描きながら、こいしが訊いた。

「そこが一番のなぞなんです。好物どころか、いなり寿司を食べた記憶って、ほとんどなかったんです。沖縄にいたときに食べたことがあるような気がするぐらいで、松江に住みはじめてからは一度も食べたことがなかったと思うんです。それなのに、なぜあのとき母はいなり寿司を出してくれたんだろう。なにか意味があったんだろうか。今になって気になりはじめたんです」

「そういうことやったんですか。状況はよう分かったんですが、どんないなり寿司やったかが分からんと捜せへんので教えてください。特徴を覚えてはったら」

　ノートのページを繰って、こいしがペンをかまえた。

「それが実は……」

　言い淀(よど)んで、菜美恵は肩を落とした。

「覚えてはらへんのですか？」

「覚えてはいるんですが……」

　菜美恵はまた続く言葉を呑みこんでしまった。

しばらく沈黙が続いたあと、意を決したように菜美恵が重い口を開いた。

「出来そこないのいなり寿司だったんです」

「出来そこない？」

こいしの声が裏返った。

「半分ほど食べてすぐに吐きだしてしまいました。異常な甘さだったんです」

菜美恵が顔をしかめた。

「けど、おいなりさんて、甘いのが特徴なんと違います？」

「そのあとで、いろんないなり寿司を食べたんですが、ぜんぜん甘さの度合いが違いました。お砂糖の塊を食べているような、そんな強烈な甘さだったんです。お皿に五つ盛ってあって、そのひとつだけが異常なのかと思って、ほかのも食べてみたんですが、おなじ甘さでした。きっと調味料の配合を間違ったんだろうと思ったのですが、ひょっとして嫌がらせなのかと思ったりもして。なぜ母があのとき、あんな激甘のいなり寿司をわたしに食べさせようとしたのか、ずっとなぞだったんです」

「お母さんに訊いてみはったらよかったのに」

こいしは、ノートに描いたいなり寿司のイラストにバツ印を付けた。

「そのまま家を出ていってしまったので、訊ねる機会がありませんでした」

「ていうことは、そのとき家出してからいっぺんも、お母さんに会うたぁらへんのですか？」

こいしが訊くと、菜美恵はこくんとうなずいた。

「電話とかもしてはらへんのですよね。十五年間ずっと音信不通ていうことなんや」

「そうなりますね」

菜美恵がさらりと言った。

「家出しはるときに書き置きとかは？」

「なにも」

菜美恵が無表情に答えた。

「行方不明やから、ふつうやったら警察に届けはるんと違うかなぁ」

「書き置きはしませんでしたが、部屋のなかはきれいに片づけて、掃除もして出ていきましたから、家出したと分かったでしょう。その理由も含めて気付いたと思いますよ」

菜美恵が表情を険しくした。

「もう一回おいなりさんに話を戻しますけど、甘い以外になにか特徴はありませんでした？」

　こいしはいなり寿司のイラストを描き連ねている。

「木の実かなにか、歯応えのある具と、しょっぱい味のする具が、ところどころに入っていました。そして寿司飯がピンク色に染まっていたんです。赤に近いピンクだったような覚えがあります」

「ピンク？　赤酢を使うてはったんやろか」

　こいしが首をかしげた。

「さっきも言いましたけど、いなり寿司って、めったに食べたことがないのですが、それでもこれは変だと思いました。ピンク色で激甘のいなり寿司を捜して欲しいんです」

「けど、それが失敗作やとしたら、菜美恵さんのお母さんにしか作れへんのと違うかなぁ。住所とかは分かってはりますよね」

　こいしが上目遣いになって、菜美恵に視線を向けた。

「母のことを調べていただくのはかまいませんが、お会いになったとしても、わたしのことは言わないでください。わたしが両親のことを気にしているのは知られたくないんです」

　菜美恵が唇をまっすぐ結んだ。

「分かりました。お父ちゃんに気張ってもらいますけど、なんで今になって、そのおいなりさんを捜そうと思わはったんです？」

　こいしが菜美恵の目を見た。

「母はあのいなり寿司になにか意味を込めていたのか、が気になりはじめたんです。料理上手とまでは言えませんが、決して料理下手ではないし、調味料の分量を間違えるようなアバウトなひとじゃないんです。そのときはほかに考えることが山のようにあったので、いなり寿司のことは深く考えなかったのですが、今になってみると、なにか思惑があったのだろうかと気になってしまって」

　菜美恵が眉間にしわを寄せた。

「分かりました。気張って捜して、てお父ちゃんに言うときます」

　こいしがノートを閉じた。

　いつもなら聞き取りを終えて食堂へ戻ると、流が待ち受けているのだが、その姿はない。

「まだお帰りになっていないみたいですね」

　菜美恵が心配そうに食堂のなかを見まわした。

「どこへ行ってはるんやろ。携帯にも出はらへんし。困ったお父ちゃんや」

こいしが頬を膨らませた。

「お昼寝されてるとか？」

「最近ちょっとヒマやさかい、そうかもしれませんわ」

「探偵料はどうすればいいですか？」

「あと払いですし今日はけっこうです」

「次はいつ伺えば？」

「お父ちゃん次第やけど、いっつも二週間ぐらいで捜してきはるし、そのつもりをしといてください。携帯のほうに連絡します」

「よろしくお願いします」

菜美恵が頭を下げた。

「今日はこれからどうしはるんです？」

見送りに出て、こいしが訊いた。

「今日は京都に泊まります。せっかく京都に来たので、お寺巡りでもしようかと」

「寒いさかい気ぃ付けて、て北海道のひとに言うのもヘンやけどね」

「気温は美瑛のほうが低いのでしょうけど、京都のほうが寒く感じますね」

菜美恵がにこりと笑った。

「ひるね、どこ行ってたん？」

こいしが屈みこんで、足元に駆け寄ってきたトラ猫の頭を撫でた。

「猫を飼ってらっしゃるんですか？」

菜美恵がこいしの横に屈んだ。

「食べもん商売やさかい飼うたらあかん、てお父ちゃんが許してくれはらへんのです。なぁ、ひるね。意地悪なお父ちゃんやね」

こいしがひるねを抱き上げた。

「お父さんのおっしゃることも、もっともなことですね。うちも犬を飼いたいのですけど、ずっと我慢してきたんですよ」

「犬やったら外で飼えますやん」

「ひ弱な小型犬が好きなもので」

苦笑いを浮かべて、菜美恵が立ちあがった。

「そうかぁ。北海道やったら犬も凍死するかもしれんもんね」

ひるねを抱いて、こいしも立ちあがった。

「ご連絡お待ちしています」

菜美恵はキャリーバッグを引いて、正面通を西へ向かう。

「お気を付けて」

こいしがその背中を見送った。

2

二週間前に比べて、京都の寒さはいくらか和らいだように思えるが、気のせいかもしれない。リムジンバスから降り立った菜美恵は、慣れた足取りで京都駅ビルに入りこんだ。

一昨日に連絡が入ってすぐ、フライトとホテルの手配をし、最速の日程を組んだ。

今さらそんなに急いでも仕方がないという思いと、一刻を争うのではないかという予感めいた気持ちが綱引きをし、後者が勝ったのだ。

駅ビルのなかは閑散としていて、地下通路を早足で歩くと、ブーツの音が壁に当たって跳ね返ってくる。

前回食べ損ねた鴨川流の料理を今日は用意してくれていると聞いたことも、急ぎ足になる理由のひとつかもしれない。食に携わる仕事をしていると、過剰なまでにプロの料理が気になってしまう。〈料理春秋〉という、食のプロでさえも参考にする雑誌の編集長が太鼓判を押すのだから、きっと傑出した料理なのだろう。廊下に貼られた写真を見ただけでも、そのバリエーションの豊富さには驚嘆してしまったものだった。

地下通路から地上に出た菜美恵は、陽が傾きはじめた夕空をまぶしそうに見上げた。『東本願寺』を左手に見て、正面通を右に曲がる。地図に頼ることなく、菜美恵は『鴨川食堂』の前に着いた。

「こんにちは」

「いらっしゃい。ようこそ」

引き戸を開けるとすぐにこいしが姿を見せた。

「すみませんね、こんな時間に」

「なにを言うてはるんですか。せっかく来てもろたのに、こないだはお食事をしてもらえへんかったから、て言うて、お父ちゃんが夕食を用意してはります。夕方に来てくださいて言うたんは、こっちのほうですやん」

「食い意地が張ってるものですから、お言葉に甘えさせていただきましたけど、編集長さんのお話では、こちらで夕食を出してもらえることはめったにないとか。ほんとうに厚かましいことで申しわけありません」

ダウンコートを手にして、菜美恵が頭を下げた。

「ようこそ、おこしやす。こないだはすんまへんでしたな。知り合いの見舞いに行っとったもんで、せっかく来てもろたのに、お腹空かせたまま帰らせてしもて。今日はその分気張って作らせてもらいましたさかい、ゆっくり食べとぉくれやす」

「ありがとうございます。それはとても嬉しいのですが」

菜美恵が横目でこいしに視線を送った。

「大丈夫ですよ。お父ちゃんがちゃんと見つけてきてはるさかい。捜してはったおいなりさんは、お食事の最後に出させてもらおう思うてますねんけど、それでよろしい？」

「よろしくお願いいたします」

菜美恵は深く腰を折った。

「お酒のほうはどないです？　たいした酒はおへんけど」

流が訊いた。

「せっかくですからワインをいただけますか。強くはないのですが、お酒はけっこう好きなんです」

「承知しました。料理に合うワインをご用意します。ちょっとだけ待っとぉくれやっしゃ」

　和帽子をかぶり直して、流が厨房に入っていった。

「お見舞いはご親戚のかたですか？」

　菜美恵が訊いた。

「お父ちゃんがお見舞いに行かはったんは、うちの常連のお客さんですねん。お茶の先生してはって、元気なおばあさんなんやけど、ガンを患わはって、気弱になってはりますねん。お父ちゃんは励まし役ですわ」

　こいしはテーブルを拭いて、菜美恵の前に箸置きと箸を並べた。

「そうだったんですか。流さんがごちそうを持っていかれたら、きっとよくなられますよ」

「ふだんは怖いぐらい、ビシッとしてはるんやけど、今は見る影もありませんねん。風邪ひとつ引かはらへんひとやったから、ショック受けはったんですやろね」

　こいしがそう言うと、菜美恵は天井を仰いで顔を曇らせた。

「余計なこと言うてんと、ワイン持ってこなあきませんね」

　こいしが店の隅に置かれた、古い冷蔵庫を開けた。

「ゆっくりでいいですよ。すきっ腹にお酒が入ると酔っぱらってしまいますから」

菜美恵が苦笑いした。

「お腹空いてはるんですか？」

ワインボトルを手にして、こいしが菜美恵の傍に立った。

「家で朝ごはんを食べたっきりで」

菜美恵がひもじそうに顔をゆがめた。

「こないだの分も取り返してもらわんとあきませんしね。ゆっくりやってください」

こいしがグラスにワインを注いだ。

「香りもいいし色もきれい。こういうのを出されると、すぐに飲みたくなってしまうんですよねぇ」

菜美恵はすぐさまグラスを取って、口元に近づけた。

「カリフォルニアのワインは、すっきりして軽いさかい、すきっ腹でも大丈夫や思います」

ワインクーラーにボトルを入れ、こいしが下がっていった。

しんと静まり返った食堂のなかに、ひとり残った菜美恵は、二、三度咳ばらいをしてから、ワイングラスをゆっくりと傾けた。

少し冷えたワインは、グレープフルーツのような爽やかな香りをまとい、喉から胃へと滑っていく。やがて胸のあたりが熱を帯びはじめ、頭のなかに靄が広がった。どんないなり寿司が出てくるのだろう。そう思ったのは一瞬で、それよりも、どんな料理が出てくるのかが気になって仕方がない。

たしかにきっかけは、あのときのいなり寿司だ。娘が家出することに気付いた母が作ってくれたのだろう。そう思いながらも、ただの偶然か気まぐれだったような気もして、そのどっちだったのか、を知りたい気持ちはある。だが、どっちだったとしても、自分のなかでなにかが変わるわけもないし、懐かしむ気持ちもほとんどない。

悪く言えば、いなり寿司は、ただ出しに使っただけで、ほんとうの目的は流の料理を食べることにあった。菜美恵はそう自分に白状した。

「お待たせしましたな。今日だけやのうて、二週間も前から待ってもろてたんやさかい。その分、たんと召しあがってください」

厨房から出てきて、流が菜美恵の前に二段重を置いた。

「おせち料理ですか？」

菜美恵が声を裏返した。

「松の内もとうに済んでますさかい、おせちて言うわけやおへんけど、一月中はこんな趣向にしとります」

流は重箱のふたを外し、ふたつの重を横に並べた。

「すごいですね。わたしにはおせち料理に見えてしまいます」

目を輝かせて、菜美恵がふたつの重を見まわしている。

「簡単に料理の説明をさせてもらいます。右側の一の重ですけど、左の上はアワビの白ワイン蒸し、その右が河豚のぶつ切り、どっちも味が付いてますさかい、そのまま召しあがってください。上の右端は伊勢海老のフライ、タルタルソースを付けて食べてもろたら美味しおす。その下は刻み数の子の白和え。これも味が付いてます。その左隣は黒豚の東坡煮、辛子を付けて食べてください。真ん中の左端は鰻の八幡巻、粉山椒を振ってもろたら、味が締まります。その下はゴマメのかき揚げです。飴で絡めてますさかい、ひと口でパクッと食べてください。その下は金時人参と〆鯖の膾、柚子を絞ってもろたら、香りがようなります。その右が牛タンの白味噌煮。なかに餅が入っとります。変わり雑煮っちゅうやつですな。下の右端は棒鱈の煮付け。泡盛で煮て豆腐餻をまぶしてます。

左の二の重は真ん中に香箱蟹を盛って、その周りに野菜を散らしてます。聖護院蕪、九条ネギ、すぐき菜、マイタケ、海老芋、堀川ゴボウ、あとはなんやったかいな、どこまで数えたか分からんようになってしもた」

流が苦笑いした。

「冬野菜のオンパレードですね。うちの農場とはまったく違います」

菜美恵がため息をついた。

「そや、セリと日野菜（ひのな）を忘れとった。どれもさっとゆがいてアク抜きしてありまっさかい、蟹の身ぃと一緒に召しあがってください。お野菜を作る仕事してはるて聞きましたんで、たっぷりの和風サラダを作らせてもらいました。ドレッシングやのうて、三種類のタレを付けて食べてみてください。リンゴ酢を使（つこ）うた二杯酢、黒ゴマとバルサミコ酢を混ぜたゴマダレ、ヨーグルトと豆板醤（トウバンジャン）、ごま油、赤味噌を練った中華ダレです。岩塩も置いときますさかい、野菜そのものを味わうときは、これを付けて召しあがってください。〆（しめ）はもちろん、おいなりさんです。適当なとこで声を掛けてください」

料理の説明を終えて、流が菜美恵と目を合わせた。

「ありがとうございます。ゆっくり味わわせていただきます」

「おいなりさんの分、お腹を空けといてくださいや」

腹を押さえながら、流が笑みを浮かべた。

「はい」

菜美恵が手を合わせてから箸を取った。

「なんぞご用があったら呼んどぉくれやす」

和帽子を取って一礼した流が下がっていった。

箸を手にしたまま、菜美恵はふたつの重を見比べて舌なめずりしている。

ワインで喉を湿らせてから、菜美恵が真っ先に箸を付けたのは、棒鱈の煮付けだった。

鱈は北海道でもよく食べる魚だが、それとはまるで違う味わいで、ほっくりとした身は嚙み応えがある。嚙むほどに染み出てくる味は、食べたことがあるような気もするが、記憶の糸を手繰ってもたどり着くことはなかった。

ワインをひと口飲んでから、次に手が伸びたのは香箱蟹である。美瑛に来てからはめったに食べることはなくなったが、松江に住んでいたときは、おやつ代わりと言ってもいいほど、よく口にしたものだった。

小さな蟹の身をほじるのが面倒になって、細い脚を殻ごと嚙んで、はしたないと父にこっぴどく叱られたことを思いだした。

父の前では、なにかする度に叱られやしないかと、おどおどするのが常だった。食事を終えてあくびをして叱られ、椅子に座って膝が開くと叱られ、大口を開いて笑って叱られ、ドアを閉める音が大きいと言って叱られ、化粧が濃いと叱られ、苦虫を噛み潰したような顔を見ると、今度はなにを叱られるのかと、びくりと身体(からだ)を震わせたものだ。

九条ネギだとか聖護院蕪は、代表的な京野菜だからよく知っているが、日野菜やすぐき菜は食べたことがない。どんな味がするのだろう。菜美恵は塩だけをぱらりと振って、おそるおそる口に運んでみた。

日野菜の根っこは細い大根のような外見だが、味は蕪に近い。いくらか苦みのある葉っぱは刻んで塩漬けにすればよさそうだ。すぐき菜は根っこがなく、葉っぱだけだが、日野菜とよく似た味わいだから、これも蕪の一種かもしれない。北海道とは土壌が違うからだろうか、噛んだあとに甘みが残る。

堀川ゴボウにゴマダレを付けて食べると、雄々しい味が口に広がり、雅(みやび)な京都には似つかわしくないようだが、そこが流の狙いなのだろう。

九条ネギを中華ダレで食べる。これもまた京都らしくない味のように思うが、ミスマッチのおもしろさも料理テクニックのひとつだ。

ていねいにほぐされた蟹の身に二杯酢を付けて口に運ぶ。特に目新しさは感じないが、その分、味わうことに集中できる。

内子と外子を混ぜ、どっぷりと二杯酢に浸して食べると、急に懐かしさが込みあげてきた。

めずらしく機嫌がいいときの父は、酒が入っていたせいもあってか、自分の分も菜美恵の皿に載せ、にこやかな笑顔を絶やすことがなかった。母もホッとしたような顔で蟹をさばいていた。

叱られたときの印象が強いせいで、父は怖いひとだと決めつけているが、よくよく考えるとそんなときばかりではなかった。

雷の音におびえていたときは、頭を撫でながら抱きしめてくれていたし、夏祭りの縁日では、いつも肩車をしてくれた。いじめっ子を怒鳴りつけてくれたのも、一度や二度ではなかった。母が加勢したのも、なんだかおかしくて、門の陰で笑ってしまったことを思いだした。

今になってそんなことを思いだすのはなぜなんだろう。ふいに涙がこぼれた。

松江の家を飛び出してから今日まで、父や母、家のことを懐かしいと思ったことは一度もない。一ミリたりとも後悔したこともなかったのに、ひょっとして自分が悪かったのだろうかと思ってしまっている。

気を取り直して右の段を手前に引き寄せ、伊勢海老のフライに箸を伸ばした。

大きな海老のどのあたりの身だろうか。プリプリした嚙み心地は、小さな海老にはないもので、タルタルソースを付けると、得も言われぬ味わいになる。

「どないです。お口に合うてますかいな」

流が傍に立った。

「どれも美味しくいただいています。お野菜も本当に美味しくて」

菜美恵はあわてて目尻をハンカチで拭った。

「よろしおした。野菜作りのプロにそない言うてもろたら嬉しおす。おいなりさんは、いつでもお出しできまっさかい、言うとぉくれやすな。どうぞごゆっくり」

重箱のなかを横目で見てから、一礼して流が下がっていった。

肝心のいなり寿司のことを、うっかり忘れるところだったが、ほんとうにあの日のいなり寿司を見つけてきたのだろうか。だとすれば、流は母と会ったことになる。つまりは健在だということだ。父はどうなのだろう。菜美恵はそんなことを気にしている自分に驚いている。

柚子を絞って、金時人参と〆鯖の膾を口に運ぶとまた懐かしさが胸のなかで渦を巻きはじめた。

浮かんできたのは百人一首だ。

正月二日の昼は書き初め、夜は百人一首と決まっていた。どちらも父が音頭を取り、親子三人が真剣な顔つきで臨む行事だった。その合間の夕食はおせち料理で、母の手作りだったと思う。子どものころから野菜好きだった菜美恵は、膾が一番の気に入りで、むしゃむしゃ食べるのを、父が目を細めて見ていたことを思いだす。

アワビも牛タンも、これまで食べたことのない美味しさだ。細かな調理法までは分からないが、精緻な技巧をこらしたプロの料理であることはたしかだ。生産者にとって、これほど嬉しいことはない。

流の料理を食べると、父の柔和な顔ばかりが思いだされ、怖い顔が浮かんでこないのはなぜなのか。

その答えはいなり寿司に隠されている。そう確信するに至った菜美恵は、思いきって厨房に声を掛けた。

「すみません」

「はい」

厨房との境に掛かる暖簾のあいだから、こいしが顔を覗かせた。

「そろそろいなり寿司をお願いできますか」

「分かりました。すぐにお持ちします」

笑顔でうなずいて、こいしが暖簾の奥に顔を向けた。

菜美恵はグラスにワインを注いで、息を整えている。

菜美恵は、ただの口実でしかなかったいなり寿司を、心待ちにしている自分が不思議でならなかった。流の料理を食べるわずかな時間に、いったいなにが変わったのか。

「お待たせしましたな。たぶんこんなんやったと思うんやが、もし違うとったら遠慮のう言うてくださいや」

そう言って流が重箱の横に置いた皿には、三個のいなり寿司が載っている。

黄色と茶色が縞模様になった皿までおなじものだったような気がする。

「これです。こんないなり寿司でした。間違いありません」

息を荒くし、手に取った皿を、菜美恵が食い入るように見つめた。

「見た目は合うとりましたか。味はどないですやろ。食べてみとぉくれやす」

流は真剣な顔つきで、菜美恵の手元から目を離さずにいる。

「いただきます」

目を閉じ、手を合わせてから、菜美恵は箸で半分に切ったいなり寿司を口に入れた。

ひと嚙み、ふた嚙みして、菜美恵は大きくうなずいた。

「間違いありません。あのとき食べたいなり寿司とおなじ味です。わたしの記憶は正しかったんですね。お菓子のように甘いお寿司」

菜美恵は顔をゆがめて笑った。

「合うとってホッとしましたわ」

流が肩の力を抜いた。

「見つけていただいたのに、こんなことを言うのはいけないのかもしれませんが、どうしてこんなに甘いのでしょう。半分も食べれば充分です」

菜美恵が箸を置いた。

「わしも自分で作ったんを味見して、ほんまにこんな甘ぅ(あも)てええんかいなと思いましたわ」

流が苦笑した。

「どうやってこれを捜しだされたのですか？」

菜美恵が訊いた。

「お食事の途中やけど、座らせてもろてよろしいかいな」

「どうぞどうぞ。こんな美味しい料理を残したらもったいないので、いただきながら、で失礼します」

「ほな、わしも失礼して。どうぞ食べながら聞いてください」

菜美恵と向かい合って座った流は、小さく咳ばらいした。

「頼んでおきながら失礼な言いかたになるかと思いますが、まさか見つけてくださるとは思っていませんでした。このお皿までおなじだったような気がします。やはり母にお会いになったのですね」

菜美恵が顔つきを険しくした。

「順を追うてお話しさせてもらいまっけど、お母さんには会うてしまへん。それだけは先に言うときます」

流はまっすぐに菜美恵を見た。

「え？　母からお聞きになったのではないのですか？　じゃあ、いったいどうやってこれを」

菜美恵は口をあんぐりと開けたまま、いなり寿司の載った皿を手に取った。

「最初は勘違いしとりましてな。お母さんは沖縄のひとやと思いこんで、沖縄にヒントがあるはずやと思うて調べたんですわ。沖縄のひとは、好んでおいなりさんを食べはりますし、沖縄ぜんざいてな甘いもんも夏の名物ですさかい、沖縄のひとやったら思いきり甘いおいなりさんを作らはるんやないかと、アタリを付けて調べましたんや。そしたらこいしが言いよりましてな。お母さんは津軽のひとやてノートに書いといたやろ。沖縄のひとと違うえて、えらそうに言いますねん」

「えらそうに、は大げさやで。お父ちゃんにしては、めずらしい見当違いやて言うただけやんか」

厨房からこいしが飛びだしてきて、血相を変えた。

「なんや、聞いとったんか。話の綾、っちゅうやつやがな。そない怖い顔するようなことやないで」

「そうかて、うちがお父ちゃんにえらそうにしたことなんか、いっぺんもないのに」

こいしが口を尖らせた。

「微笑ましい、って言ったら叱られるかしら。おふたりはほんとうに仲がいいんですね」

菜美恵が頰をゆるめた。

「おまえが余計なこと言うさかい、話が途中で切れてしもたがな」

流が小鼻を膨らませてみせた。

「菜美恵さん、ごめん。お父ちゃん、話続けて」

こいしは厨房に戻っていった。

「えらい、すんませんなぁ。しょうもないことに敏感になりよってから」

流が厨房を振り返った。

「うらやましいです。冗談でも父に反論したことなどなかったので」

「親子っちゅうもんは、ひとによって違うもんです。どっちがええとか悪いいうことはない思います。ほんで、話の続きでっけどな。松江っちゅうとこも、甘いもんはようけあるとこですやろ。松平はんの不昧公がお茶の道を好んではったさかい、名の知れた和菓子がようさんあるし、松江やったらお菓子みたいなおいなりさんがあっても、おかしいことない。そう思うて調べてみましたんやけど、いっこうにそういうもんは見当たらん。ちょっと行き詰まってましたんやが、津軽に行ったら、なんぞ見つかるかもしれんと思うて、行ってきましたんや」

流がタブレットのスイッチを入れた。

「津軽まで行っていただいたんですか。遠いところまでありがとうございます」

菜美恵が腰を浮かせて一礼した。

「温泉行くのも目的やったさかい、そない言うてもらわんでもええですよ」

こいしが暖簾のあいだから顔を覗かせた。

「また余計なこと言うてからに」

流がむくれ顔を向けると、こいしはあわてて首を引っ込めた。

「コントみたいですね」

菜美恵がくすりと笑った。

「やっぱり現場に足運ばんとあきませんな。お母さんのお生まれは津軽や、としか聞いてまへんでしたさかい、とりあえず弘前へ行ってみました。地元の食いもんのことを調べるとき、わしはたいてい居酒屋へ行きますねん。そこの大将やとかお客さんに、それとのう訊いてみると、だいたいのことが分かるんです。今回も弘前の居酒屋で訊き込みをしたんですわ。津軽三味線のライブをやっとる賑やかな店でしてな、おいなりさんの話を切りだしてみたんやが、お客さんからの反応はまったくおへんのです。観光客のお客さんがようけやはったんで、こら店選びを失敗したなと思うて、河岸を変えよとしてたとこへ、店の大女将が出てきはったんで、おいなりさんのことを訊いたんです。そしたらこれが当たりでした。これを教えてくれはったんです」

「ということは津軽のいなり寿司は、こんなお菓子みたいなものがふつうなんですか？」

菜美恵がいなり寿司に目を向けた。

「大女将が言うてはりました。もののない時代はこれが一番のご馳走やったと。むかしは砂糖が貴重品やったさかい、できるだけ甘ぅするのがおもてなしやったそうです。大女将が子どものころから、このおいなりさんはお祝いごとの集まりやとかに、よう出てきたそうです」

「そうだったんですか。この赤い色は？」

「紅ショウガを混ぜて赤い色を付ける。お赤飯とおんなじで、めでたいことを表してますんやろ」

「お赤飯、とおなじ意味ですか……」

菜美恵は宙に目を遊ばせている。

「うちの勝手な思いこみかもしれませんけど、お母さんは菜美恵さんが家出しようと思うてはることに気付いて、はなむけにおいなりさんを作ってくれはったんやないですやろか」

厨房から出てきて、こいしが菜美恵の傍に立った。

「はなむけ……」

菜美恵はじっといなり寿司を見つめている。

「このおいなりさんは、ハレのときにしか出さんのやそうでっせ」

流が言葉を足した。

「そのときまで、お母さんはこのおいなりさんを作らはったことがないんでしょ？きっと娘の一番のハレの日やと思わはったんですよ」

こいしの言葉を聞いて、菜美恵の目から涙があふれでた。

「こいしの言うとおりや思います。お父さんとの板挟みになってはったお母さんの、精いっぱいのはなむけやったんですやろな」

こいしは菜美恵の肩越しにいなり寿司を見つめている。

「ほんとうに母はわたしへのはなむけに、このいなり寿司を出してくれたのでしょうか。たまたまだったとか、偶然どなたかにいただいた、とかだってあるかもしれませんよね」

菜美恵が涙声を震わせた。

「万にひとつもそんな偶然はないですやろ」

こいしが菜美恵の肩に手を置いた。

呆然(ぼうぜん)とした顔を前に向けたまま、しばらく黙りこんでいた菜美恵が息を荒くした。

「母のそんな気持ちなどまるで気付かず、今日まで知らん顔して生きてきて……」

こいしが肩をさすると、菜美恵は小さく嗚咽(おえつ)をもらしはじめた。

「人間どうし、たとえ親子であっても、気持ちが通じ合わんことはあるもんです。残念やが時計の針はもとに戻せまへんのや。けど、あなたが後悔しとるあいだも、一刻も止まらんと時間は進んどります」

流が語気を強めた。

「もしかして父にお会いになったのですか？」

菜美恵はハッとしたような顔を流に向けた。

「お母さんだけやのうて、お父さんにも会うてしまへん。松江には行きましたけど」

「そうですか。松江には行ってくださったんですね」

「おいなりさんを載せるお皿を捜しに行きましたんや」

「これを、ですか。うちにあったのとおなじですよね。どうして分かったんです？」

菜美恵が訊いた。

「わしとしたことが、てな偉そうな言い方になりまっけど、ほんまにうっかりしとりました。甲斐さんというお名前で、陶磁器の研究してはるてノートに書いてあったんを見過ごしてましたんやが、甲斐孟雄（たけお）はんていうたら、古陶の世界では知らんひとは居り（お）まへんやろ。沖縄の壺屋（つぼや）焼、出雲の布志名（ふじな）焼。どっちも甲斐孟雄はんが研究しはったさかい、いろんなことが分かってきたんですがな。あなたのお父さんが、あの甲斐孟雄はんやと気付いとったら、もうちょっと早（はよ）ぅ見つかったかもしれまへん」

流がタブレットの画面をタップして、菜美恵に向けた。

「これは……」

菜美恵はタブレットに覆いかぶさるようにして、画面に目を近づけた。

「たまたま松江に行った日の新聞に、甲斐孟雄はんのインタビュー記事が載ってましてな。大半は布志名焼の話やけど、最後のほうにちらっと近況を話してはりますやろ。ここのとこです」

流が画面の端を指さした。

「『いくら待っても、待ち人は現れないので、家を手放して介護付き高齢者マンションに入りました。宍道湖を眺めながら温泉に入れるのがありがたいです。家内が入っている病院もすぐ近くだし、研究を続けるのに申し分ない環境なんですよ』。待ち人って、ひょっとして……」

菜美恵はゆがめた顔を天井に向けた。

「いつか帰ってくるやろ、と思うて待ち続けてはったんですやろな」

しんみりと流が言うと、こいしが目を潤ませた。

「待つ、てほんまにつらいことや思います。首を長ぅして待つ、てよう言いますけど、待っても待っても帰ってきいひんと、首が伸びますねん」

「待っててくれた……んですね。こんな……わたしを」

菜美恵は肩を震わせてしゃくりあげた。

「子を思う親の心は、なかなか伝わらんもんですな。子どもっちゅうもんは、ときに残酷な仕打ちをしよる」

流が険しい顔を菜美恵に向けた。

「取り返しのつかない親不孝をしてしまったんですね」

菜美恵の頬を涙がいく筋も流れる。

「今からでも間に合います。ちょっとでも取り返さんと」

流の言葉にこいしが大きくうなずいた。

「顔を見せたげるだけでもええんと違います？　お母さんは入院してはるみたいやから、早ぅ行ってあげてください」

「松江の市内で、宍道湖を眺めながら温泉に入れる介護付き高齢者マンションていうたら、たぶんここやと思います。百メートルほどのとこに大きい病院もありますしな」

流は、赤字で目印を付けた地図を菜美恵の前に差しだした。

「なにからなにまでありがとうございます」

菜美恵が手に取った地図の上に涙がこぼれた。

「一応おいなりさんのレシピを書いときました。これを作って持っていったげはったらどうです？」

流がクリアファイルを手わたすと、菜美恵は無言で大きくうなずいた。

「実はこのおいなりさん、うちが作ったんです。分量と手順さえ間違えへんかったら、わりと簡単にできますねんよ」

こいしがいなり寿司に笑顔を向けた。

「いろいろとお気遣いいただいて、ほんとうにありがとうございました。できるだけ早く松江に行きます。このいなり寿司を持って」

菜美恵は泣きはらした目で笑った。

「よろしおした」

流がこくりとうなずいた。

「お食事代と探偵料をお支払いさせてください」

菜美恵がバッグから財布を出した。

「うちは料金を決めてませんさかい、お気持ちに見合うた金額をこの口座に振り込んでください」

こいしがメモ用紙を手わたすと、受け取って菜美恵が財布に仕舞った。

「承知しました。すぐに振り込ませていただきます」

「今日はこれから？」

こいしが訊いた。

「この時間だと、もう帰りの飛行機がないので、今日は京都に泊まって、明日の始発で北海道に戻ります」

「遅ぅなってしもて、申しわけありまへんでしたな」

「とんでもない。美味しいものもたくさんいただいた上に、いなり寿司を見つけてもらって、両親のことまで教えていただいたのですから、ほんとうにありがたく思っています」

気が急くのか、菜美恵がもどかしげにダウンコートを着た。

「気ぃ付けて帰ってくださいねぇ」

「万事ご無事を祈っとります」

ふたりが店の外まで送りに出ると、ひるねが駆け寄ってきて、こいしの足元に寝そべった。

「ひるねちゃんも元気でね」

屈みこんで菜美恵がひるねの頭を撫でた。

「京都も寒いけど、北海道はもっと寒ぉっしゃろなぁ」

流が冬空を見上げて身震いした。

「松江も寒いですよね」

菜美恵もおなじ夜空を眺めた。

「日本中どこでも冬は寒いんや」

こいしが声をあげて笑った。

「西に会うことがあったら、よろしゅう言うといてください」

「かしこまりました。今回のことを報告がてらお礼に伺うつもりですので」

頭を下げたあと、菜美恵が正面通を西に向かって歩きだした。

「おいなりさん、あんじょう作りなはれや」

流が背中に声を掛けると、立ちどまって菜美恵が一礼した。

震えながら店に戻った流がこいしに声を掛けた。

「熱いの一本つけよか」

「ええねぇ。熱燗日和（あつかんびより）やもんな。アテはどないする？」

こいしが厨房に駆けこんだ。

「もちろんおいなりさんやがな」

流が新聞を広げた。

「あんな甘いのでええの？」

「たっぷりお酢掛けてな、蒸籠で蒸したらええ感じになると思うで」

「なるほど。やってみるわ。そういうことにはすぐ知恵がまわるんやね。お母ちゃんも呆れてはるわ」

鍋を火に掛けて、こいしが仏壇の前に座った。

「掬子やったら、そこにもうひと工夫を加えよるんやけどな」

流が写真を見上げた。

「どんな工夫したらええか、お母ちゃん教えてな」

こいしが線香をあげて手を合わせる。

「わさびをようけ混ぜて、みぞれ餡をたっぷり上から掛けたらええと思うえ」

流が掬子の声色を遣った。

「ぜんぜん似てへんやん。お母ちゃんの声はもっときれいやった。透き通るような声やった」

こいしが見上げると、額のなかの掬子がやさしく微笑んだ。

第三話　ピザ

1

いつになく緊張した面持ちで、鴨川こいしは『鴨川食堂』の玄関前に佇んでいた。

今日もまた暑くなりそうだが、祇園囃子がまったく聞こえてこない夏は初めてのことで、夏らしさを感じることができない。

ブラックジーンズに白いシャツ。黒のソムリエエプロンを着けたこいしの足元で、

トラ猫のひるねが寝そべっている。

「おとなしいしててや」

目を落としてこいしがささやくと、ひるねは大きなあくびをした。

たいていの食捜し依頼人は不意に訪れるが、今日の依頼人は日時を予約してきて、何度も確認の電話を入れてきている。約束の十一時まであと五分だ。

〈料理春秋〉の一行広告を見たようでもなく、誰かの紹介だとも言わない。だが、『鴨川食堂』と『鴨川探偵事務所』のつながりも充分承知しているようで、少しばかり警戒していた。

依頼人は足の不自由な老婦人らしく、付添人を伴って車椅子ごとハイヤーに乗り、大阪国際（伊丹）空港からやってくるのだという。

『東寺』の前を通過したという電話があってから十分が過ぎた。手に持ったスマートフォンの時計を見て、そろそろ来るころかと、背伸びして通りの東を覗きこむ。

しばらくすると、黒塗りのハイヤーらしき車が目に入った。

「たぶんあれやな」

大阪ナンバーをたしかめたこいしは、大きく一歩前に出た。

帽子をかぶったドライバーは通りの両側を見比べていて、車はゆっくりと進んでくる。こいしは両手を広げて声を上げる。

「こっちこっち」

どうやら先に気付いたのは後部座席に乗っている人物だったようで、車を停め、ハンドルを握ったまま何度も後ろを振り向いたドライバーが、ようやくこちらに向かって手を上げた。

「助かりました。知らせてもらえへんかったら、気付かんと通り過ぎるとこでした」

真ん前で車を停め、素早く車を降りたドライバーはこいしに向かって頭を下げてから、後部座席のドアを開け、リフトを使って車椅子を降ろした。

「辰巳淑子でございます。どうぞよろしくお願いします」

車椅子に腰かけたままで頭を下げた淑子は、想像どおり上品な老婦人だった。写真でしか見たことがないが、往年の宝塚スターはこんなエキゾチックな顔立ちだったような気がする。

「『鴨川探偵事務所』の所長鴨川こいしです。ようこそおこしいただきました」

こいしが顔を上げると、淑子はにっこり笑い掛けた。

きれいにウェーブの掛かった白髪と言い、紺色のワンピースの上から羽織っている白いレースのカーディガンと言い、まるで映画に出てくるような上品ないで立ちだ。

懸念していたような威圧感はなく、表情も言葉遣いも柔らかなことにホッとした。家政婦らしき付添人も、人のいいオバサンといった、気さくな風貌で好感が持てる。

「どないしてお手伝いしたらよろしいやろ？」

こいしの問いかけに、付添人は笑みを浮かべながら車椅子の車輪にロックを掛けた。

「大丈夫ですよ。運転手さんに手伝ってもらいますから」

その言葉を待たずに、ドライバーは車椅子を抱える姿勢を取った。淑子は身構えることもなく、車椅子に背をもたせかけ、安心して身をゆだねている。

「このあたりでよろしいかいな」

店のなかほどまで進んだところで、ドライバーがこいしに訊いた。

「その辺でけっこうです。あとはうちがやらせてもらいます」

こいしは慣れた手付きで車椅子のストッパーをはずした。

晩年痩せ細った捫子を、車椅子で散歩に連れていったときを思いだす。

付添人とドライバーの手を借りて、淑子が車椅子からパイプ椅子に移った。

「ほな、わたしはこの辺で待機してますさかい、お迎えが要るときに電話してください」

ドライバーは帽子を取って一礼した。

淑子が耳打ちすると、付添人はスマートフォンを手に店の外へ出ていく。

「おこしやす。食堂の主人をしとります鴨川流です。えらい遠いとこから来てもろてるそうで。すんまへんなぁ、バリアフリーやない上に、こない狭苦しいとこで」

厨房（ちゅうぼう）から出てきた流は、茶色い和帽子を取って、淑子に頭を下げた。

「辰巳淑子と申します。わがままなことをあれこれ申し上げますが、なにとぞご容赦くださいましね」

淑子は笑顔を絶やすことがない。

淑子をはさんで三人が談笑していると、急に表が騒がしくなった。

「あの声は……」

流が目を向けた瞬間、ガラガラと玄関の引き戸が開いた。

「こんにちは。えらいご無沙汰してました」

来栖妙（くるすたえ）が敷居をまたいだ。

「妙さんやないですか。お元気にしてはりました？」

駆け寄ってこいしが妙に抱きついた。

「ちっとも元気やないんよ。ずっと病院通いしててなぁ」

そう言いながら、妙は淑子と視線を交わした。

若草色の着物は麻だろうか。いかにも涼し気な装いだ。絽綴（ろつづ）れの帯を見ると、妙はずいぶん痩せたようだ。

「わたしもおなじよ。家にいるより病院にいる時間のほうが長いくらい」

「何言うてはりますのん。お顔の色もええし、淑子はんのほうがずっと健康そうですやん」

妙がパイプ椅子の傍に屈んだ。

「お知り合い、なんですか？」

こいしが不思議そうにふたりの顔を交互に見比べた。

「お友だちにならせていただいて三十年を超えたかしら。よく言えば茶友だけど、実際は飲み友ね」

「もう三十年になるんですねぇ。葉山のお茶会で初めてお会いしたんは、ついこないだみたいに思いますけど」

妙が淑子に遠い目を向けた。

「わたしが食を捜していると言ったら、妙さんがこちらを紹介してくださったんですのよ」

「そうやったんですか」

流が大きくうなずいた。

「お呼びたてして申しわけなかったわね。本当はこちらからご挨拶に伺わなきゃいけないのに」

「何を水くさいこと言うてはるの。あんなあばら家へ淑子はんに来てもらえるわけありませんがな」

「ご謙遜を。またあの侘(わ)びたお茶室で一服いただきたいわ。こんな足になってなきゃね」

苦笑いしながら淑子が膝をこぶしで叩(たた)いた。

「淑子はんが来てくれはるんやったら、ちゃぁんと立礼(りゅうれい)の席をご用意しまっさかい、いつでも言うとぉくれやす」

「お腹(なか)の具合はどないです？　よかったらお昼をご用意しますけど」

「妙さんから聞いて、そのつもりで参りましたのよ。ぜひお願いします」

淑子が妙と目を合わせる。

「なんぞ苦手なもんはおへんか。おまかせで作らせてもらいますんで」

流が和帽子をかぶり直した。

「流さんとおっしゃいましたね」

淑子の表情が変わった。

「はい。鴨川流と申しますが」

流は困惑した表情で淑子に目を向けた。

「あなたが腕利きの料理人さんだということは、何度も妙さんからお聞きして承知しております。でも、わたしと会うのは今日が初めてですし、どんな料理をわたしが好むのかご存じありませんよね。わたしの好みを熟知している方なら、安心しておまかせしますけど。流さんもお困りになるんじゃありませんこと？」

柔和な笑顔とは裏腹に、淑子の言葉には厳しさが込められている。

「さすが妙さんのお友だちですな。ぐうの音も出まへん。おっしゃるとおりですわ。わしも常々そう言うてます。おまかせ料理しかない割烹には行きまへん。おまかせて言いながら、料理人のお仕着せやないかと思うてます。分かりました。なんでも食べたいもん言うとぉくれやす。食材があるもんやったらお好みの料理を作らしてもらいます」

流が背筋を伸ばした。

「やっぱり淑子はんはすごいなぁ。うちが言いとうても言えなんだことをズバッと言わはった」

妙はしきりにうなずいている。

「妙さんもなんでも言うとぉくれやす。せいだい気張って作らしてもらいます」

「うちは淑子はんのおこぼれをいただいたらそれで充分どす」

妙が意味ありげな笑みを流に向けた。

「わがままを言って申しわけありませんね。甘やかされてこれまで生きてきたものですから」

「いやいや、わしもええチャンスをもろたと思うてます。食を捜しにここへ来はるお客さんに、お茶菓子を出すようなつもりで料理を作ってきましたんや。せやさかい食堂へ来はるお客さんにはおまかせ料理なんかしまへんで。特に品書きもおへんさかい、みな好き勝手に注文しはりますし、できるもんやったらなんでも作ってるんでっせ。探偵事務所を目指して来はるお客さんは、食うために来てはるんやない。よかったら食べはりますか、っちゅう意味でおまかせを出させてもろてるんです。言い訳にしかなりまへんけどな」

流が苦笑いして首をすくめた。

「淑子はんもさすがやけど、流はんもさすがやねぇ。ほんまにそのとおりやわ。たしかにうちもこの食堂へ来るときは、いっつも好き勝手に注文してきました。たまにおまかせすることもありますけどな」

「そういうことでしたか。お前はいつも早とちりをすると、主人にしょっちゅう叱られていました。本当に失礼なことを言ってごめんなさいね」

「淑子はんらしくて、ええやないですか。流さんにもええ勉強になるでしょうし」

「それじゃあ遠慮なく言わせていただくと、わたし鱧のお料理がいただきたいの。京都の夏と言えば鱧料理でしょ。亡くなった主人の唯一とも言える好物が長モノだったんです。鰻や穴子が大好きで、鱧も好物だったのですが、関東ではなかなか機会がなくてね。わたしが代わりに食べてあげようかと」

妙に促されて淑子が鱧を所望した。

「お気持ちがこっちに届いとったんですかなぁ。ちょうどええ鱧が入ってましたさかい、今日は鱧料理を何品かお出ししようと思うとったとこです」

「余計なことを言ってしまったようですね。京都のおかたと違って、東の人間は遠慮がなくていけません。言わずもがな、でした」

流に向きなおって、淑子は横目で妙を見た。

「ほな、うちも遠慮のうお相伴させてもらいます」

こほんと咳ばらいをひとつして、妙が座りなおした。

「お酒はどないしまひょ。日本酒も白ワインもよう冷えてまっせ」

「せっかくの京都だから日本酒にしましょうかね。妙さんのお着物にもよく映えるでしょうし」

「承知しました。すぐに用意します」

小走りで流が厨房に入っていった。

「思っていたとおりのかたで、ホッとしました。あの人なら捜しだしてくれそうね」

淑子が流の背中を目で追った。

「言うたとおりですやろ。流はんにまかしといたら間違いおへん」

妙が胸元を叩いた。

「こいし、お酒を出してくれるか」

厨房との境に掛かる暖簾のあいだから、流が顔を覗かせた。

「息の合うたええ親子やわ」

「本当に」

こいしが四合瓶と切子のグラスをふたつテーブルに置いた。

「『玉川』。初めて見ました」

淑子がボトルを手に取った。

「京都の丹後のほうで造ってるお酒なんですよ。しっかりしたお酒やけど、重いことないし、常温でも冷やしても、燗付けても美味しいんです」

淑子から受け取って、こいしは赤い切子のグラスに注ぎ分ける。

「少し心配だったけど、お元気そうでよかったわ」

淑子は妙とグラスを軽く合わせた。

「おおきに。なんとか生きとります。これやったら鱧にもよう合うやろね。お料理が愉しみやわ」

ひと口飲んで、妙が目を細めた。

「おなじ京都でも伏見のお酒とは違って、パンチが効いてるわね」

淑子がグラスを置いた。

「四合では足りんかもしれんなぁ。まだありますしなくなったら言うてくださいね」

こいしが戻ると入れ替わりに、流が銀盆を持ってテーブルの横に立った。

「食捜しに来はった人に、いっつもはおまかせ料理をいっぺんにお出しするんですけど、鱧料理は作り置きしとらんので、今日はひと品ずつ順に出させてもらいます。ひと品目は先附っちゅうか、酒のアテですわ。鱧皮とゴーヤを二杯酢で和えてます。黒酢と白醤油を合わせて、鱧アラの出汁で割りました。まずはこれから召しあがってください」

流が絵唐津の小鉢をふたりの前に置いた。

「鱧の皮が、お酒をようさん呑め、て言うてますんやね」

妙が相好(そうごう)をくずす。

「酢の物には胡瓜(きゅうり)だとばかり思っていましたが、ゴーヤも夏らしくてよろしゅうございますね」

淑子が箸を取った。

「京都の風習で七月中は胡瓜は食べんようにしとるんですわ」

「初めて聞きました。なぜなんです？」

ゴーヤを嚙(か)みしめながら淑子が訊いた。

「祇園祭は『八坂神社』はんのお祭りなんやけど、神社の神紋が胡瓜の切り口によう似てるさかいにどす。古いしきたりを守ってる花街やとか料理屋はんだけですけど、むかしはどこの家でもそうしてたんどすえ」

流の代わりに妙が答えた。

「さすがは京都ですね。でもゴーヤのほうが苦みが効いてて美味しいかもしれない」

淑子がいたずらっぽい笑顔を流に向けた。

「次のお料理に掛かりまっさかい、ゆっくり召しあがっててください」

銀盆を小脇にはさんで、流が厨房に戻っていった。

「わたし、妙さんに謝らなきゃいけないわね」

「なんですの、急にあらたまって」

「探偵屋さんにくっついてる食堂で、美味しい料理を食べさせてくれるって聞いたとき、ぜったい嘘だと思ったの。悪い冗談か、でなければ妙さんもとうとう認知症を患ってるのか、どっちかだと思った。でもこれをひと口食べて分かったわ。妙さんの味覚はしっかりしてるって」

「ほめてもろてるんか、なんやよう分からんけど、いちおうお礼は言うときます。おおきに」

「味覚だけじゃなくってよ。この絵唐津の小鉢に酢の物を盛るなんて、器のセンスもとってもいい。失礼だけど、この食堂には似つかわしくないわね」

箸を置いて、淑子は店のなかを見まわしている。

「そこがまたここのええとこなんです。今日は貸切みたいなもんやけど、いっつもお昼どきになったら、そのカウンターでカレーやとかカツ丼食べてるお客さんがやはるんどすえ」

妙が指さすと淑子は不思議そうな顔つきでカウンター席を振り向いた。

「本当に不思議なお店ねぇ」

「店だけやのうて、流さんもこいしちゃんも不思議な人ですわ」

「わしのどこが不思議なんです？」

両手で銀盆を持って流が現れた。

「聞こえてましたんかいな」

妙が慌てて口をふさいだ。

「おかげさんで耳だけは達者ですんや。鱧のお椀をお持ちしました」

流は絵唐津の小鉢の横に、朱塗りの椀を置いた。

「酢橘のええ香りがしてるわ」

早く話題を変えようとしてか、妙がすぐさま椀蓋をはずす。

「これが鱧……ですか？」

はずした蓋を手に持ったまま、淑子が目を白黒させている。ほんのりと湯気が上がる椀は雪景色のように一面真っ白だ。

「てっきり牡丹鱧が出てくるもんやと思うてたけど」

妙もしきりに首をかしげている。

「鱧を細こう刻んでそぼろにしてみましたんや。鱧の出汁を葛仕立てにして、酢橘の絞り汁を掛けてます。どうぞ熱いうちに召しあがってください」

言い置いて、流はまた厨房に戻っていく。

「美味しい。鱧の口当たりがなんとも言えないわね」

「ふわふわの牡丹鱧もええけど、お吸いもんぜんぶ鱧いうのが、なんとも贅沢どすなぁ」

ふたりは揃って目を細める。

「来てよかった。こんな美味しい料理をいただけたら、もう食捜しなんてどうでもよくなってきちゃった」

淑子が舌を出した。

「何を言うてはりますの。ちゃんと捜してもろてしっかり味わわんと、重蔵はんが化けて出はりまっせ」

「重蔵は化けて出るような人じゃないわ。嫉妬するほどわたしに執着してたわけでもないし、そもそも自分の研究費欲しさにわたしと結婚したような人だから」

淑子がさらりと言った。

「重蔵はんはそんな人やない思うけどなぁ。そら結果として、社長令嬢の淑子はんと一緒になったことで、製薬会社の研究費をようけ使えるようにならはったやろけど、最初からそれを狙うて結婚するような器用な人とは思えまへんえ」

椀をかたむけ、すすり終えた妙が小首をかしげる。

「たしかに狙ってたわけじゃないでしょうけど、うちが製薬会社でなかったら、きっと重蔵は結婚しなかったと思うわ」

椀を置いて淑子がかすかに唇を曲げた。

「その話はこれぐらいにしときまひょ。うちが口出しするようなことやおへんわな」

妙がそう言うと、淑子は黙って首を縦に振った。

ふたりが椀物を食べ終えたところへ、間髪をいれずに流が次の料理を運んでくる。

「鱧の湯引きです。おろしワサビを載せて塩を掛けて食べてみてください。お醬油も置いときますさかいお好みでどうぞ」

「この間合いも素敵ですね。おまかせ料理が苦手なのも、この間合いがちゃんと取れないからなのよ。まだ食べてる最中に次の料理が来たり、だらーんと間が空いたりすると、気持ちが萎えちゃうの」

「ほんまにそうどすな。近ごろの割烹屋はんは自分の都合を優先しはって、客のペースに合わせてくれはらへん。なんぼ料理が美味しいても、食べてる気ぃがしまへんわ」

「耳が痛い料理人はようけおりますやろな。わしも気ぃ付けんと」

首をすくめて、流が背中を向けた。

「やっぱり鱧は京都に限りますね。骨切りの技術が違うのかしら」

湯引き鱧を噛みしめながら、淑子がうっとりと目を閉じた。

「鱧そのものがええんですやろ。流さんは黙ってはるけど、たぶん淡路の沼島あたりに揚がった鱧や思いますえ」

「臭みなんてまったくないし、ふわっとしてるけど、ちゃんと歯応えもある。まいりました、ってとこね」

淑子が箸を置いてグラスを手にした。

「すんまへん、気ぃが付かんと」

空になったグラスに妙が酒を注いだ。

「お料理が美味しいとお酒が進みすぎていけませんね」

淑子は口角を上げた。

「お相伴さしてもろて、ほんまにありがたいわ。流さんてね、ナントカ尽しは嫌いですねんよ。おんなじ食材ばっかりやと飽きるさかいて言うて、いくら頼んでも作ってくれはらしません。今日は特別みたい。よっぽど淑子はんの先制パンチが効いたんですやろな」

妙はゆっくりと切子のグラスをかたむけた。

湯引きが向付にあたるなら、台のものはやはり焼物だろうか。ふたりがそんな会話を交わすうち、流が青九谷の大皿を運んできた。

「鱧を源平に焼いてみました。源氏のほうは白醬油で、平家のほうは赤紫蘇で味を付けとります。春に採れた実山椒を醬油漬けにしたんを添えとりまっさかい、箸休めにしてください。このあとは小さい丼を用意してますんやが、お腹のほうはどないです？」

流は、高麗青磁の取り皿をふたりの前に置いた。

「ご飯を少なめにしとぅくれやすな」

妙が答えると、淑子もおなじだと言わんばかりにこっくりうなずいた。

「お酒のほうは足りてますかいな」

残り少なくなった『玉川』の瓶を持ち上げる。

「もうちょっともろときまひょ。きっとお丼でも飲めるやろし」

「最初から一升瓶にしといたらよかったかもしれまへんな」

妙の言葉を聞いて流は苦笑いした。

「肝心のお話をこれからしなきゃいけないのに、どーんと一升瓶を置くわけにはいきませんでしょう」

淑子が口を開けて笑う。

「うっかりそのことを忘れてしもてたわ。お調子もんですんまへんなぁ」

妙はテーブルに三つ指を突いて苦笑いした。

「もう一本四合瓶がありますさかい持ってきますわ。どうぞお熱いうちに」

流が戻っていくと、ふたりは譲り合ってから、大皿に添えられた青竹の箸で焼鱧を小皿に取った。

「鱧の源平焼は流さんの十八番やけど、たんびに焼き方やら味を変えはりますねん。今日は平家の赤旗は赤紫蘇で表現してはる。夏らしいてよろしいな」

「関東だとこんな趣向で焼鱧を食べる機会はありませんよ。なんだかこの食堂が料亭に見えてきました」

目をしばたたき、淑子はあらためて店のなかを見まわしている。

「当たり前やけど、ほんまにじょうずに焼いてはるわ。皮目は芳ばしいパリッと焼けてて、なかはほわっとやらこおす。京都広し言うても、こない美味しい焼鱧を食べられるとこは、そうそうおへんわ。お酒にもよう合うこと」

瓶に残った酒を妙はふたつのグラスに注ぎ分けた。

「遅うなってすんまへん」

酒瓶を入れ替えて、流が栓を開けた。

「わがままを言ってよかった。おかしな言い方かもしれませんけど、本当にそう思っています。こんなに美味しい鱧は最初で最後だと思います。冥土の土産とは、こういうことを言うのでしょうね」

淑子は実山椒を三粒ほど載せ、白焼をゆっくりと口に運ぶ。

「よろしおした。わしも久しぶりに頭を使わせてもろて喜んどります。〆の丼を用意しますさかい、ええとこで声掛けてください」

空の酒瓶を手に、流はきびすを返した。

「そんなに食べられるかしらと思ってたけど、大丈夫みたい」

淑子が腹を押さえた。

「流さんの料理は、なんぼ食べても胃にもたれしまへん。いっつも不思議に思うてます」

妙もおなじような仕草をした。

箸を止めることなく食べ続け、笑い声も途切れない。焼鱧は源平ともに、あとひと切れとなった。

「淑子はん、どっちがよろしい？」

「平家のほうをもらっていいかしら」

「どうぞ、どうぞ。うちは白焼が好きやさかい」

九谷焼の絵柄が山水画だと分かったところで、中腰になって妙が声を上げる。

「流さん、すんまへん。そろそろお丼を」

「すぐにお持ちします」

厨房から声が返ってきた。

酒を酌み交わしているところへ、出汁の香りをまといながら流が現れた。

「きれいに食べてもろて嬉しおすわ。おふたりにはちょっと量が多いかなと思うとりましたんやが」

流はふたりの前に小さな丼を置きながら、空になった皿に目を遣った。

「この歳になると食べることだけが愉しみなんですよ」

「飲んで食べてるときが一番しあわせ。あとはもう死ぬだけどすな」

ふたりは顔を見合わせて笑った。

「こんだけ食べて飲んではったら、とうぶんあの世からはお呼びが掛からん思いまっせ」

九谷焼の皿を両手に持って、流が皮肉っぽい笑顔をふたりに向けた。

「あれだけ食べたのに、こういうお丼を見るとまたお腹が鳴るんですよね。こんなに食い意地が張ってると閻魔さまに地獄へ落とされそう」

「鱧のソースカツ丼やわ。流さんの本領発揮やね」

「玉子とじにするか迷うたんですけど、〆はちょっと味に変化出そう思うて。溶き辛子をカツに付けてもろたら味が締まります。すぐにお茶をお持ちします」

「鱧をカツにするだけでも珍しいのに、ソースカツだなんて、これもまた冥土へのお土産にしないと」

　淑子は手を合わせてから箸を取った。

「ご飯は少のうしときましたけど、多かったら遠慮のう残してくださいや」

「たぶんそんな心配は要りまへん、な？　淑子はん」

　ふたりはまた屈託のない笑顔を交わす。

「食事が終わらはったら言うてください。こいしが待ってますさかい」

「そうだったわね。お嬢さんをお待たせしてるんだった。早く食べなきゃ」

　淑子が気ぜわしく箸を動かしはじめた。

「ちっとも急(せ)かしまへんで。どうぞゆっくり召しあがってください」

「そうでっせ。うちらの歳になったら誤嚥(ごえん)性肺炎に気ぃ付けんと」

　言いながら、妙の箸も動きを速めている。

「重蔵も最後は誤嚥性肺炎だったし、ふだんは気を付けてるのよ。でも、こんなお丼はさっとかっこまないと美味しくないのよね」

淑子はあっという間に丼を空にした。

「すんまへんな、お茶が間に合わんと」

ふたりの食べっぷりに、流は目を丸くしている。

「ほんまに美味しかった。ごっつおさんどした」

箸を置いて妙が手を合わせた。

「さ、では参りましょうか」

レースのハンカチで口元を軽く押さえ、淑子が厨房のほうへ目を遣った。

「うちもせっかちなほうやけど、淑子はんには敵いまへんわ」

苦笑いしながら立ちあがった妙が、流とふたりで淑子を車椅子に移動させた。

廊下を歩く流が振り向くと、妙と淑子は両側の壁に貼られた写真を見まわしていた。

「妙さんからお聞きしましたけど、修業らしい修業はなさったことがないんですってね。ただただ感心するばかりですわ。亡くなった主人なんか発酵学以外は何も知りませんでしたし、なんの趣味もなかったんですよ」

「ひとそれぞれ、生き方が違うさかいおもしろいんですがな。わしなんか何ひとつ極められんと生きてきましたんで、この道ひと筋っちゅう人生に憧れますわ」

「流さんもやけど、掬子はんの若いこと。ほんまにきれいな人やったなぁ」

ゆっくりと車椅子を押しながら、妙が小さなため息をついた。

「お若くして亡くなられたんですってね」

淑子は目を細めて写真を見あげている。

「そない若いこともおへなんだでっせ。自分のことをいっつもバアサンやて言うてましたさかい」

前を向いたまま流は廊下を進み、突き当たりのドアをノックした。

「どうぞ」

すぐにドアが開き、こいしが顔を覗かせる。

「長いことお待たせして申しわけなかったですね」

車椅子の淑子が言った。

「あとはよろしゅうに」

妙が車椅子のハンドルをこいしに向けた。

「食べてすぐ来てくれはったさかい、お茶を淹れたげてな」

流は妙と連れ立って廊下を戻っていった。

「ソファに座らはりますか」

「そんなに時間も掛からないでしょうから、このままで大丈夫です」

こいしは車椅子と向かい合う形にチェアを回して腰かけた。

「ご面倒や思いますけど、いちおうここに記入してもらえますか」

こいしが探偵依頼書を淑子の膝の上に置く。

「小さい字が読めなくなっているから、間違いがあったらごめんなさいね」

言葉とは裏腹に眼鏡も掛けず、目を細めることもなくスラスラとペンを走らせた淑子は、バインダーをこいしに返した。

「辰巳淑子さん。八十歳。お若いですねぇ。七十ぐらいにしか見えしません。戦前のお生まれですよね」

「昭和十五年ですから、戦争が始まる直前の生まれなんですよ。何も覚えてませんけどね。物心ついたころには焼野原になってました」

「おひとりで暮らしてはるんですね」

「今からちょうど一年前の夏に主人が他界してから」

淑子は窓から差し込む日差しに目を遣った。

「お住まいは横浜市神奈川区金港町『横浜ベイレジデンス』。ベイて言うぐらいやさかい海の近くのマンションなんですね。夜景とかきれいに見えるんやろなぁ」

「うちは三十四階なので見晴らしだけはいいんですよ」

「三十四階。タワーマンションて言うんですよね。めっちゃ高いとこに住んではりますやん。京都に住んでたら想像も付きませんわ」

「終の棲家は海が見える高層マンションにしたいと決めていて、今から十二年前に建ってすぐ藤沢から引っ越したんですよ。風が強いから嫌だと言ってた主人を説得するのに、ずいぶん手間取りました」

「亡くなったご主人の重蔵さんは発酵学の研究者。失礼な言い方かもしれませんけど、淑子さんからは学者さんのご主人て想像しにくいですね」

　こいしは笑みを浮かべながら、茶を淹れる支度をはじめた。

「結婚を決めたときも、友だちから不思議がられましたよ。当時のわたしは派手な不良女子大生でしたから」

　淑子が高い声で笑った。

「不良てほんまですか。こんな上品やのに？」

　こいしはポットの湯を急須に注いだ。

「箱入り娘として育てられたことへの反発だったのでしょうね。とにかく悪ぶりたくて」

「うちは箱入りとは縁遠かったですけど、なんとのう分かるような気もします。手え届きます？」

茶托に載せたふたつの湯呑をローテーブルに置いた。

「ありがとう、大丈夫よ。いい香りだこと」

淑子は湯呑に鼻先を近づける。

「食後はいり番茶に限りますね」

こいしが湯呑をかたむけた。

「京都ではほうじ茶と言わないのかしら」

淑子は茶托ごとローテーブルに戻した。

「いり番茶て言うのは『一保堂』さんだけかもしれませんわ」

こいしはノートを開いた。

「捜して欲しいものを言っていいかしら？」

「はい。いきなり直球なんですね」

こいしはあわててペンを握りしめる。

「むかしからせっかちなんですよ。でね、ピザを捜して欲しいの」

淑子は車椅子から身を乗り出した。

「ピザですか。むかし食べはったもん？」

こいしはノートにピザのイラストを描いている。

「わたしが二十二歳のときだから、今から五十八年前。昭和三十七年の九月に葉山のレストランで食べたピザを捜して欲しいのよ」

「そんな前から日本にピザがあったんですか」

「今みたいにどこにでもあったんじゃなくて、限られた店だけね。東京だと六本木、関西だと宝塚。お洒落なイタリア料理屋さんに行くとピザが食べられたの」

「そうやったんや。けど、今みたいなグルメガイドもないやろし、口コミで伝わってたんですか？」

「口コミなんていう言葉もなかったわ。仲間うちにそういう情報が回ってくるわけ。ピザっていう食べものがあってさ、こうやって手でつまんで食べるんだよ、って」

淑子がピザをつまむ仕草を真似た。

「そもそも葉山ていうとこ自体がお洒落ですやん。たしかヨットハーバーとかあるんでしたね」

「そのヨットハーバーの近くに『諏訪神社』っていうお宮さんがありましてね」

「ちょっと待ってくださいね。地図アプリを出しますし」

こいしはタブレットの電源を入れ、画面をタップしている。

「今は本当に便利な時代ですね。あのころはナビなんてものもなかったし、地図だって小さなお店なんて描いてないし、捜すのも一苦労だったわ」

「ここですね、『諏訪神社』。そのお店はここの近くなんですか？」

こいしがタブレットを淑子の膝に置いた。

「そう。神社の参道が石段になっててね、道路をはさんでその斜め向かいにお店があったの。イタリアの国旗が目印だったわ」

淑子がディスプレイを指さした。

「この斜め向かい……。今はそんなお店はないみたいやなぁ」

こいしはストリートビューを辿っている。

「今もお店があれば捜して欲しいなんて頼みませんよ」

淑子が小鼻を膨らませた。

「そうでしたね」

こいしが肩をすくめた。

「忽然と消えてしまったんです。その二年後に東京オリンピックが開かれて、その最中にもう一度行ってみたらお店は跡形もなく消えていたの。なんだか狐につままれたみたいで」

淑子が首を左右にかしげる。

「お店の名前とか、そこのピザの特徴とか、なんでもええんで覚えてはりません？」

「あいにく何も覚えてないの。何しろ一度行ったきりだし、それも夜だったから、国旗のほかは、どんな外観だったかも分からなかったし、お店のなかもキャンティのワインボトルが飾ってあったことと、壁にイタリアの地図が貼ってあったことしか覚えてない。ピザとスパゲッティを食べたのはたしかだけど、それ以外はからきし」

「そうなんや。たしかに五十年以上前のことやもんなぁ。ヒントなしで捜さんならんのやけど、なんで今になってそのピザを捜そうと思わはったんです？」

バツ印だけのページを手のひらで押さえ、こいしはペンをかまえた。

「それだけははっきりしてるの。あのピザを食べたときにまで時間を戻したいの。そしてあのとき重蔵についた嘘を取り消したいのよ」

淑子がこいしの目をまっすぐに見つめた。

「分かりました。よかったら詳しいに話してもらえますか？」

こいしが視線を返した。

「最初にお話ししたように、そのころのわたしは、お転婆なんていう生易しい言葉では足りないぐらいに悪さをしてたの。高校生のころからタバコは吸うし、お酒は飲むし、複数の男性と付き合う。親もお手上げだった。大学に入っても直るどころか、エスカレートする一方で。さすがにわたしもこのままじゃダメだなって思いはじめたときに、父の会社に就職が決まった重蔵と出会ったの。超が付くようなまじめな学生をとても新鮮に感じて、最初は面白半分だったけど、この人となら結婚してもいいかなと思うようになったわけ」

「それ、うちもよう分かります。別の世界の人て新鮮に感じますよね」

こいしは短く合いの手を入れた。

「うちの家で何度か一緒に食事をして、ときどきは近所の喫茶店に行ったりして、初めてデートらしいデートをしたのが葉山だった。父が乗っていた真っ赤なアルファロメオで、運転はわたし。海岸を散歩したり、『諏訪神社』へお参りしたりしてるうちに日が暮れてきて、友だちから聞いていたお店を捜して、ピザを食べはじめたときに、重蔵からプロポーズされた。迷うことなく首を縦に振った。だけどそのとき、付き合ってる人は他に居ますかって重蔵に訊かれて、即座に居ませんって答えた。これまで一度も男性と付き合ったことなんかありませんって、嘘を重ねてしまったの。そう言わないと結婚してくれないような気がして」

「相手を傷つけへんための嘘やったらええと思いますけど」

「でも嘘は嘘だし。人をだましたことは間違いないでしょ。いつか本当のことを言わなきゃと思っているうちに、とうとう重蔵はあの世に行ってしまった。タバコのこともお酒のことも、悪い遊びをしていたことも、ずっと重蔵は知らずにわたしと暮らしてきた。そして知らないまま死んでいった。わたしの人生のなかでただひとつの後悔が、あのピザを食べたときに嘘をついたことなの」

「淑子さんてまじめなんですね。それぐらいのことて誰でもあるんと違いますやろか。たしかに嘘はあかんけど、もう五十八年も経ったんやし、ご主人も亡くなってはるんやし」

こいしが深いため息をついた。

「お願いだから捜してください。そうでないと死ぬに死ねない」

真剣な目をして淑子が哀願する。

「分かりました。なんとかお父ちゃんに捜しだしてもらいます」

こいしはノートを閉じた。

こいしが車椅子を押しながら廊下を進むと、食堂のほうから大きな笑い声が聞こえてくる。

「ずいぶんにぎやかなこと」

淑子が言ったとおり、食堂に戻ると流と妙は赤い顔を並べて笑い合っていた。

既に連絡済みだったようで、付添人とドライバーも待機している。しばらく談笑したあと、黒塗りのハイヤーは走り去っていき、こいしが事細かに依頼内容を説明すると、流は頭を抱えっ放しになった。

2

約束の二週間が経ち、付添人に付き添われて淑子がやって来たのは、七月の半ば過ぎ。例年なら祇園祭一色に染まっているはずだが、今年は都大路もしんと静まり返っていた。

「混雑していないのは有難いんだけど、なんだか寂しいですね」

助けを借りて、淑子がテーブルに着いた。

「ほんまですなぁ。祇園囃子が聞こえてこんと調子が出まへん。その分仕事が捗(はかど)りましたけどな」

そう言いながら流がコットン地のランチョンマットを敷く。それを潮どきとして付添人の和江(かずえ)とドライバーは店から出ていった。

「愉しみにしてまいりました」

淑子が目を輝かせると、こいしが厨房から声を上げた。

「そろそろ焼き上がりますよ」

淑子は車椅子をテーブルに近づけ、背筋を伸ばした。

「おそらくはこんなピザやったと思いますけど、違うてたらかんにんしとぅくれやっしゃ」

芳ばしい香りをまとったピザが淑子の前に置かれた。

「おしぼりも置いときますよって、どうぞごゆっくり」

こいしと流は厨房に戻っていき、淑子はじっとピザを見つめている。これがあのときのピザなのか。なんの確信もないが、別ものだとも思えない。放射状に切れ目の入ったピザをつまみ上げた淑子は、しげしげと見たあと、ゆっくりと口に運んだ。

目を閉じて噛みしめると、薄(うっす)らと記憶がよみがえってくる。

闇に沈む漆黒の海は時折白波を立て、店のなかに響くカンツォーネと似合っているようで似合わない。そう言うと重蔵は顔をゆがめて苦笑いした。そんなことはどうでもいい、と言いたかったに違いない。

サンタ・ルチアの歌が始まってすぐだった。重蔵がいきなりプロポーズしてきた。――一緒になってもらえませんか――という至極簡潔な言葉に、重蔵の誠実さを感じ取り、心はすぐに決まった。と同時に、重蔵の気持ちが変わらぬうちに約束を取り付けねばと思いを巡らせた。

半世紀以上も前から、ピザはほとんど変わっていないのだ。生地こそ幾分やわらかめだが、ピザソースやチーズの味も、上に載っているピーマンやオリーブ、ベーコンのようなハムも、今の時代のピザとほとんどおなじだ。

ふた切れ目をそっと口に運ぶと、苦い思い出がよみがえってきた。よくぞあんな嘘をつけたものだ。それも、これから一生の伴侶にしようと決めた男性に、嘘八百を並べ立てた。自分がいかに清純な女性で、純潔を守り続けているかを滔々と並べ立てた。

言葉をはさむことなく、黙ってうなずいていた重蔵は、――ありがとう。よろしくお願いします――と言い、真っ赤な顔をして何度も頭を下げた。

一枚のピザを分け合って食べ終えると、急に後悔の念が押し寄せてきたことを、まるで昨日のことのように覚えている。

悔いる気持ちはあっても、もう後戻りできない。してはいけないという気持ちのほうが強かった。いずれその嘘がバレるにしても、強弁を続ければいい。それが自分を幸せにし、両親にも安らぎを与え、もちろん重蔵のためでもある。自らにそう強く言い聞かせたのだった。

そして半世紀以上ものあいだ、ずっと疑問に思い続けてきたことも胸をかすめる。本当に重蔵はあのときの言葉を信じたのだろうか。あらぬ噂も耳に入っていただろうに、一生疑うことなく生涯を終えたのか。

いやそんなはずはない。薄々どころか、きっと独身時代の淑子の行状に気付いていたに決まっている。それを言わぬが花と決めていたのだ。

もしもあのときすべて本当のことを話していたら、重蔵はそれでも結婚しただろうか。死ぬまでにそれをたしかめておくべきだった。そうでないとあの世で合わす顔がないではないか。

「どないです。こんなんと違いましたかいな」

冷水の入ったピッチャーとグラスを持って、流が淑子の傍らに屈みこんだ。

「たぶんこんなだったと思いますが、なにしろ記憶があいまいなもので」

言葉を濁すと、流は前に移動して淑子の肩に手を置いた。

「無理に思いださんでよろしいがな。懺悔せんといかんて思わはっただけで、亡うなったご主人に、淑子はんの誠意は充分伝わった思います」

「ありがとう。そう言っていただけると気が休まります」

淑子が肩の力を抜いた。

「どない手ぇを尽しても、時計の針はもとに戻せしまへん。それは人間の気持ちも一緒やないかと思うてます。たしかに嘘をつくのはいかんことやけど、それで誰も傷つかんと、みながしあわせに暮らせたんやったら、神さんも大目に見てくれはりますやろ。知らぬが仏っちゅう言葉もありますがな」

「本当にそれでいいのでしょうか。欺いておきながら、よくもぬけぬけと、と神さまはお怒りになるのではありませんか？」

淑子の目尻からは今にも涙があふれそうだ。

「神さんはともかくも、ご主人はけっして怒ったりはなさらんと思います。余計なことに気を取られなんださかい、発酵学で多大な業績を挙げはったんですがな」

「重蔵のことをご存じだったのですか」

淑子の口もとがほころんだ。

「調べさせてもらいましたんやが、辰巳重蔵さんは発酵学の権威なんやそうですな。

けど勲章やとかはみな辞退して、一研究者としての人生をまっとうなさった。なかなかできることやおへん」

「主人の仕事のことは本当に何も知らないのです。とにかく重蔵の仕事の邪魔をしないこと。常にそれだけを考えて生きてきましたから。せめてもの罪滅ぼしだと思って」

「うちの掬子もそうでしたなぁ。わしがどこでどんな仕事をしてるかは、まるで知りまへんでしたけど、いっさい口をはさまんと、好きなように仕事さしてくれました。こない有難いことはありまへん」

流の瞳が潤んでいる。

「ありがとうございました。ずっと胸のなかでもやもやしていたものが、すーっと晴れていくような気がします」

「よろしおした。わしも苦労した甲斐があるっちゅうもんですわ」

「でも、どうやってこのピザを捜しだされたのです？　当の本人であるわたしが何も覚えていないというのに」

「そこはまぁ企業秘密ということで」

流が言葉を濁した。

「そりゃそうですよね」

納得したように淑子がうなずいた。

「いっつもはレシピやとか資料をお渡しするんですけど、今回はやめときます。こいしもそう言うとりましたんで」

「そう言えばお嬢さんの姿が見えませんが」

淑子が首を左右に伸ばした。

「野暮用がありましてな。淑子はんによろしゅうて言うとりました」

「どうぞよろしくお伝えくださいましな」

淑子が腕時計を見ている。

「お迎え呼びまひょか」

流は窓越しに外の様子をうかがった。

「お値段を決めてらっしゃらないと妙さんから聞いておりますので、どうぞこれをお納めください。この前の食事代と探偵料です」

淑子が差しだした茶封筒を流が受け取った。

「ごめんやす」

玄関の引き戸が開いて、妙が顔を見せた。

「まぁ。いいタイミングだこと。無事に終わりましたよ」

「よろしおした。ほな、行きまひょか。お茶の一服も差しあげよう思うてますさかい」

妙が車椅子のストッパーをはずす。

流と妙が抱えて、淑子が座る車椅子を店の外へ運び出した。

「こいしちゃんによろしゅう」

流に見送られ、淑子を乗せた車椅子を妙がゆっくりと押しはじめる。

「淑子はん」

「なんでしょう」

流の声に淑子が首を後ろに回した。

「知らぬが仏、に続く言葉をご存じでっか？」

「いえ」

「知るが煩悩、て言うんやそうです」

車椅子に座る淑子は身じろぎもせず、妙はじっと夏空を見上げていた。

「今日もまた蒸し暑ぅなりそうどすな」

「煩悩まみれの身には辛(つら)いですね」

妙と目を合わせ、淑子は苦笑いを浮かべた。

「ご安全に」

ふたりの背中に声を掛け、流が店に戻るとこいしが待ちかまえていた。

「無事に終わったで」

流は後ろ手で引き戸を閉めた。

「ホッとしたような、モヤモヤしてるような、複雑な気分やわ」

こいしは流に冷茶を淹れている。

「一件落着したんやから、これでええがな」

流はカウンターの椅子に腰をおろした。

「企業秘密やて、うまいこと逃げるんやなぁて、裏で聞いてて感心してたんよ」

「そない皮肉を言わんでもええやろ。ちゃんと一九六〇年発行のガイドブック記事を参考にして再現したんやから、もしもほんまにその店で食べてはったら、間違いのうあのピザやったはずや。『ピッツアというのは小麦粉を塩で味付けして焼いた薄いパンに、ペペロニー（乾燥ハム燻製（くんせい））やマッシュルームを載せ、おろしチーズをふりかけ、さらに固形チーズやオリガーノという香菜、唐辛子などで味をつけ天火で焼くという手のこんだ料理である』。どうや、そのとおりのピザやったやろ」

「そら、そうやけど。淑子さんはその店が見つかったと思うてはるんやで」

「それもまた知らぬが仏、っちゅうとこや」

流は一気に冷茶を飲みほして立ちあがった。

「けど、ほんまに不思議やなぁ。淑子さんが言うてはった店のことを、近所の人が誰ひとり知らはらへんかったて。『諏訪神社』の禰宜さんも、見たことも聞いたこともない、て断言してはったんやろ？　淑子さんが夢見てはったんか、記憶違いなんか、どっちやろ。ひょっとしたら作り話やったんと違う？」

こいしは流を追い掛け、後ろから両肩をつかんだ。

「どっちでもええがな。当の本人の淑子はんが、おんなじピザやて言うてはったんやから」

流が仏壇の前に座って線香をあげた。

「なんでもかんでも、知らぬが仏やて言われたら敵んなぁ、お母ちゃん」

流の後ろに座って、こいしは手を合わせる。

「知るが煩悩より、よっぽどええがな」

流が掬子の写真に笑い掛けた。

第四話　焼きうどん

1

京阪本線の枚方市(ひらかたし)駅から特急電車に乗れば、わずか二十五分ほどで京都の七条駅に着く。

濱中吉次(はまなかよしつぐ)が住む家は、枚方市駅まで歩いて五分ばかり。三十分ほどでたどり着ける京都の街は、吉次にとって隣町のようなものなのである。

月に一度は京阪電車に乗り、笑子と京都へ遊びに行っていたのも、はるか遠い日のような気がする。

京都好きのふたりが訪れるのは、決まって休日だったせいか、昼前に乗る特急電車はいつも混みあっていて、並んで吊革にぶらさがるのが常だった。

特急と言いながら、短い乗車時間で、樟葉、中書島、丹波橋と停車する。せっかちな吉次は、停まるたびに舌打ちをし、鼻息を荒くする。それを横目にして笑子がくすりと笑うのも、決まりごとのようになっていた。

そんなことを思いだしながら、七条駅で降りた吉次は、鴨川に架かる七条大橋をわたり、七条通を西に向かって歩きはじめる。人通りが少ないのは、やはり疫病の影響なのだろう。

グレーのスーツに白い開襟シャツ姿の吉次は、額に汗を滲ませながら夏空を見上げた。

——食捜します——と書かれた、〈料理春秋〉という雑誌の一行広告を見た吉次は、その場で編集部に問い合わせ、『鴨川探偵事務所』の場所を訊きだしたのだった。

『東本願寺』の東にあって、正面通に面していると聞けば、京都に慣れ親しんでいる吉次には、おおよその場所が頭に浮かんだ。京阪本線の七条駅から西に歩けば、十五分ほどでたどり着けるはずだ。

おそらくはこの辺りだろうと、通りの両側を見まわすのだが、それらしき建物が見当たらない。編集部の言によると、表の構えは食堂らしくない食堂、なのだが、なかなかその想像がつかない。

目についた数珠屋に入って訊ねると、すぐに場所を教えてくれた。さっき通り過ぎたところだ。たしかに食堂らしくない構えである。

「すんません。こちらが『鴨川探偵事務所』ですかいな」

引き戸を開け、誰もいない店に向かって吉次が問いかける。

「食を捜してはるんですか」

予想に反して、奥から現れたのは若い女性だ。黒のジーンズに白いシャツを合わせ、黒いソムリエエプロンを着けた姿は、大衆食堂には似つかわしくないが、かと言って探偵とも思えない。

「枚方から来ました濱中と言います。焼きうどんを捜しとるんですが、すぐに見つけてくれはるんですやろか」

吉次が早口でまくし立てた。

「そない急かはらんでもよろしいやんか。うちが『鴨川探偵事務所』の所長、鴨川こいしです」

こいしが苦笑いした。

「おたくが探偵さんやったんですか。思うてた印象とぜんぜん違うさかい、ビックリしましたわ」

こいしの顔をまじまじと見た吉次は、失望の色を隠さなかった。

「実際に捜すのはお父ちゃんやさかい、心配は要りませんよ」

「お父ちゃん？」

吉次は顔をゆがませる。食捜しのプロを想像していたが、素人父娘のコンビなら期待外れに終わりそうだ。

「おいでやす。食堂の主人をしとります鴨川流です。焼きうどんを捜してはると聞こえたんですけど、そのお話を伺う前に、お食事しはりまへんか？　おまかせでよかったらすぐにご用意しますけど」

店の奥から出てきた流は、茶色い作務衣を着ていて、鋭い目つきは料理人と言うよりは探偵に似つかわしい風貌である。

こうなったら、信頼できるかどうか疑わしい食捜しは横に置いて、腹を満たすのも悪くない。

「家内とよう食べ歩きに来たんで、京都の食いもんが美味しいことは知ってます。何か食べさせてもらえるんやったら、ありがたくいただきますわ」

「なんぞ苦手なもんはおへんか？」

流が訊いた。

「好きな食いもんはようけありますけど、苦手なもんはほとんどありません。なんでも美味しくいただきます。一番の好物は熱いうどんです」

「お酒はどうですか？　日本酒もワインも焼酎も置いてますけど」

こいしが訊いた。

「暑いとこを歩いて来て喉が渇いてますねん、とりあえずビールをもらえますやろか」

「よう冷えたんを持ってきますわ」

こいしと流が暖簾の奥に駆けこんでいったあと、パイプ椅子に腰かけた吉次は、改めて店のなかを見まわした。

どこにでもある食堂に見えて、ほかと違うのはメニューがないことだ。デコラテーブルの上にも置いてなければ、壁に貼ってあるわけでもない。客はどうやって注文すればいいのか。看板も暖簾もないから常連客しか来ないのだろう。それにしても殺風景な食堂だ。箸立ても調味料も見当たらないし、雑誌もコミックもない。神棚の横にテレビが鎮座しているのと、カウンターの上に新聞が置いてあるだけなどという食堂は、これまでの人生で経験したことがない。流と名乗った主人はおまかせと言ったが、はたしてどんな料理が出てくるのだろうか。

「お待たせしました。よう冷えてますよ」

こいしが瓶ビールとコップを吉次の前に置いた。

「最近はもっぱら缶ばっかりで、瓶は久しぶりですわ」

吉次はコップにビールを注ぐ。

「もうすぐ料理が来る思いますし、ゆっくり飲んで待っててくださいね」

娘の夢美とおなじくらいの歳だろうか。いや、もう少し若いだろう。しばらく顔を見ていないが元気にしているのか。電話の一本くらい寄越してもいいだろうに。

吉次はこいしの背中に夢美を重ねた。

「京都の店を食べ歩いてはる方に、気に入ってもらえるやどうや分かりまへんけど、今の時季に旨いもんを桶に盛り込んでみました」

椹の木桶を両手で抱えて、流が吉次の傍らに立った。

「食べ歩くていうほどと違います。わしら夫婦はお寺さん巡りが好きやったさかい、その近所の店で食うてたぐらいで、上等の店には行ったこともありませんわ」

「それぐらいがちょうどよろしいな。うちの店も上等とはほど遠いですしな」

吉次の前に置かれた丸い木桶には、彩りよく料理が盛り込まれている。

「何を言うてはります。失礼ながらお店は上等とはよう言いませんけど、こんな豪勢な料理は食うたことありませんで」

「簡単に料理の説明をさせてもらいます。左の上は鱧の白焼です。青柚子の味噌を付けて召しあがってください。その横は万願寺唐辛子とじゃこの炊いたん。箸休めにしとぅくれやす。その右はタコの天ぷらですけど、味が付いてますんで、そのまま食べてください。お好みで練り辛子を付けてもろても美味しおす。その下は牛モモの炙り、ワサビ醬油で召しあがってください。真ん中は毛蟹の春巻です。手で食べてもろたほうが食べやすい思います。その左は蒸しアワビになっとります。煮ツメをまぶして食べてください。その下は枝豆のコロッケですわ。塩を振ってもろてもええし、よかったらソースも掛けてみてください。ビールのアテにはちょうどよろしい。下の段の真ん中は一夜干しの鮎を焼いたもんです。頭からかぶってもろても、骨は気にならん思います。その右は鯖の小袖寿司。軽ぅ皮目を炙ってます。大葉で包んで食べてくださ い。今日は〆に冷や麦を用意しとりますんで、ええとこで声を掛けてください」

流が料理を説明するあいだ、黙って聞き入っていた吉次が口を開く。

「これが上等やなかったら、何が上等ですんや。口が腫れそうですわ」

「ゆっくり召しあがってください。おあとは日本酒も揃えてますさかい、なんなと言うとぅくれやす」

一礼して流が下がっていったあとも、吉次は木桶に盛られた料理をじっと見つめている。

どちらかと言えば、かしこまった食は苦手なほうだが、笑子は凝った料理を好んでいた。料亭や割烹にも行きたがっていたが、わがままを通して、手軽な店ばかり選んでいたことが、今となっては悔やまれる。

笑子が食べたがっていたのは、きっとこんな料理なのだろう。瞳をうるませて吉次は手を合わせた。

ビールで喉をうるおし、吉次が最初に箸を付けたのは枝豆のコロッケだった。

いきなりソースを掛けると、いつも笑子ににらまれたが、クセになっていて、つい多めに掛けてしまう。

黒く染まったコロッケには、ごろごろと枝豆が入っているのかと思ったが、すり潰した枝豆を丸めて揚げてある。手の込んだ料理だ。

コップにビールを注ぐと、瓶が軽くなった。

「すんません。ビールをもう一本頼みます」

頭の上に瓶をかかげて、奥に向かって声を掛けると、すぐに返事が返ってきた。

「すぐにお持ちします」

言葉どおり、すぐさま流が瓶ビールを持って暖簾の奥から出てきた。

笑子もいつもこんなふうだった。

吉次は子どものころからずっと、大阪弁でいうイラチと呼ばれていて、せっかちな気性は歳をとっても一向に変わることがなかった。

それをよく承知していた笑子は、何かにつけ先んじて行動を起こし、吉次をいらつかせないように心がけていたのだと思う。

「こんな手の込んだ料理をいただくのは、初めてのような気がします。枝豆をすり潰してコロッケにするやなんて、たいへんですやろ？」

ビールを飲みほして、吉次は流に顔を向けた。

「料理が好きやなかったらできしまへんやろな。愉しんで作らせてもろてますさかい、手間は苦になりませんのや」

「家内がおったら大喜びしそうな料理ばっかりです」

「女の人は手を掛けた料理が好きですな。いっつも料理を作ってるさかい、ひとに作って食べさせてもらうときは、手の込んだもんを好むんでっしゃろ」

「なるほど。そういうことやったんか。謎が解けましたわ」

吉次がコップにビールを注いだ。

「どうぞごゆっくり」

流が下がっていく。

流の言葉を改めて噛みしめる。

「ひとに作ってもらうときは手の込んだもん。そらそうやな」

ひとりごちて、次に口に運んだのは春巻だ。流の奨めどおり、手づかみで食べようとしてかぶりつき、その熱さに驚いた。

ひとりで暮らすようになってからは、仕方なく料理をするようになったが、一年近く経った今も、揚げ物だけは作ったことがない。火傷しそうで怖いのと、調理の前後が面倒そうだからだ。

揚げ物が食べたくなったら、スーパーの惣菜を買ってきて、レンジで温めるのだが、揚げ立てはまるで別ものだと分かる。外側より中身のほうが熱いのだ。

うっかりすると、口のなかを火傷しそうなほど熱い餡には蟹の身がぎっしり詰まっている。もちろん下ごしらえはしてあったのだろうが、それにしてもこの短時間に、よくぞこんな多彩な料理を作れるものだ。舌を巻くという言葉は、こんなときに使うのだろう。

どちらかと言えば外食経験に乏しいほうだが、それでもこの食堂の料理が、ただものでないことぐらいは分かる。

九品のうちの二品を食べただけだが、この料理を食べられれば、あの焼きうどんは見つからなくてもいい。そう思えるほどの満足感だ。

ひと口ビールを飲んで、鱧の白焼に箸を伸ばした。

鱧も笑子の好物だった。夏の京都を訪れると、笑子は決まって鱧料理をリクエストしたが、あまり気乗りしなかったので、たいてい聞き流していた。五年ほど前だったか、四条のデパ地下で目に入った料亭弁当に、鱧寿司が入っていたのでふたつ買い求めた。

けっこうな値段だったわりに、飛び抜けて旨いというほどではなく、これなら鯖寿司のほうがよかったと言うと、笑子は黙って笑っていた。

それと比べるまでもない。ふわりとやわらかい口当たりの焼鱧は、骨もさわらず芳（こう）ばしい。そのままでも充分旨いが、青柚子の味噌を付けて口に運ぶと、得も言われぬ味になる。

タコの天ぷら、牛モモの炙りと箸が止まらない。

「すんません。日本酒をもらえますやろか」

瓶にはまだ半分ほどビールが残っているが、どうしても日本酒と合わせたくなる。

「たいした酒は置いてまへんけど、夏向きのもんを用意しとります。どっちがよろしい？」

奥から出てきた流が、茶色と緑の四合瓶を二本テーブルに置いた。

「あんまり日本酒に詳しいことないさかい、ご主人に任せます」

「わしも詳しいことはおへんけど、濃い味の料理がお好きやったら、こっちがええと思います。『琥珀光』っちゅう伏見の酒でっけど、キレのええ原酒ですわ」

流は茶色い瓶の封を開けた。

箸を付けた料理を見て、味の嗜好を見抜いたのだろう。流はよく冷えた酒を大ぶりの蕎麦猪口になみなみと注いだ。

「ええ匂いがしますな」

溢れそうな酒に鼻先を近づけ、少しなめてみると舌先に香りが染みこむ。

「瓶ごと置いときますさかい、どうぞごゆっくり」

もう片方の瓶を手にして、流は暖簾の奥に引っ込んでいった。

原酒と書いてあるから、濃度も高いに違いない。酔っぱらわないように気を付けねば。酒瓶を遠ざけて木桶を手元に引き寄せる。

次に箸を付けたのは蒸しアワビだ。アワビも笑子の好物だったが、生のアワビは歯を傷めそうなので、口にすることはなかった。ずいぶんむかしに会社の慰安旅行で鳥羽へ行ったときに、舟盛りが宴会料理に出てきて、そのときに食べたような気がするくらいで、その記憶もおぼろげだ。

ウナギのタレのような濃いタレをまぶして口に運ぶ。おそるおそる噛んでみると、歯が傷むどころか、歯が要らないほどやわらかい。そして、エキスとでも呼びたくなるようなアワビの味わいが、舌に染みこんでいく。

鱧にしてもアワビにしても、その本当の旨さを知らずに生きてきたことに気付かされる。もう少し笑子の言うことに聞く耳を持っておけばよかった。後悔先に立たず、という言葉が胸に刺さる。

アワビの味が舌に残っているあいだに、日本酒を飲む。それは決して憂さを晴らすためでも、嫌なことを忘れるためでも、ましてや酔うためでもない。酒を飲むというのはこういうことだったのか。次々と目からうろこが剝がれおちていく。

「どないです。お口に合うてますかいな」

いつの間にか流が傍らに立っている。

「わしみたいな貧乏口には合いませんわ。て言うのは冗談やけど、こんな旨いもんを食うたんは生まれて初めてです。ただただびっくりするだけで、お腹はいっぱいやけど、頭のなかが空っぽになってしまいましたで」

「そないたいそうなもんやおへん。そろそろ冷や麦をお持ちしまひょか」

「お願いします。うどんやとか冷や麦やとかは大好物なんで愉しみです」

ここまでの料理で充分満足していたが、まだ冷や麦が残っていた。笑子がいなくなってから、これほどしあわせな気分で食事をするのは初めてのことだ。

気が付けば、大ぶりの蕎麦猪口に入っていた酒がなくなっている。それでもさほど酔いを感じないのが不思議だ。

「お待たせしましたな。冷や麦をお持ちしました。ようけ召しあがったあとやさかい、量は少なめにしときましたけど、足らなんだら言うてください。すぐに茹でますんで」

「ありがとうございます。これで充分や思います」

「具はありまへんで。ミョウガとネギ、大葉を刻んだんと、煎りゴマ、おろしショウガを添えてます。適当にツユに混ぜて食うてください」

「ツユの香りがよろしいな。これをいただいたら、お嬢さんに相談させてください」

「そない急きまへん。ゆっくり召しあがってもろたらよろしいで」

流が背中を向けてすぐ、吉次は冷や麦をすすりはじめた。

「ええ喉越しや。細うどんよりコシがあって。たまには冷や麦もええもんやな」

ひとりごちた吉次は、薬味をツユに混ぜ、冷や麦を勢いよく手繰った。

瓶ビールを二本、日本酒を一合ほどだろうか。ふだんの量に比べると多いほうなのだが、ほろ酔い気分を超えてはいない。これなら食捜しをきちんと相談できるだろう。

手を合わせてゆっくり立ちあがると、奥から流が出てきた。

流に先導されて細長い廊下を歩くと、両側の壁にびっしりと貼られた写真が目に入った。

「えらいまたようけの料理ですな。これはみなご主人が作らはったもんですか」

「たいていはわしが作った料理です。レシピてなもんを書き残さんもんやさかい、写真に撮って残してますんや」

振り向いて流が答えた。

「お嬢さんによう似てはる。て、逆やったな。こいしさんはお母さん似ですな。べっぴんさんの血を受け継いではる。奥さんにもお目に掛かりたいもんですわ」

十和田湖のほとりに佇む掬子の写真に、吉次が目を近づけた。

「生きとるあいだは、誰からもべっぴんやなんて言われまへんでしたで」

「て言うことは……」

「あっちでどない言われとるんやろな」

天井を指さして、流が苦笑いした。

「鴨川さんの奥さんは亡くならはったんですか。赤いスカーフがよう似合うてはるのに。うちの笑子は赤が嫌いでしてな」

「女の人にしてはめずらしいですなぁ」

「わしが赤い服着るのも嫌がるんですわ。せやさかい、還暦の祝いでも、赤いちゃんちゃんこを着てませんねん」

「掬子はわしの着るもんには、なんにも言いまへんでしたな」

早足で歩きはじめた流のあとを慌てて追う。

「あとはこいしに任せとりますんで」

そう言いながら、流は突き当たりのドアをノックした。

「どうぞ」

間髪をいれずにこいしがドアを開けた。

探偵事務所というところへ初めて入るので、ほかと比較はできないのだが、中小企業の応接室といったふうで、それもそこそこ年季の入った会社のようだ。こいしに奨められて吉次はロングソファに腰をおろした。

「簡単でええので、これに記入してもらえますか」

向かい合うこいしが、ローテーブルにバインダーを置いた。

「最近とんと細かい字が見えんようになってきましてな」

目を細め、顔をしかめながら、探偵依頼書を書き終えて、吉次はバインダーをもとに戻した。

「濱中吉次さん。七十三歳。大阪府枚方市のお家(うち)にひとりで住んではるんですね」

バインダーを手にしたこいしは、やはり娘よりそうとう若そうだ。

「一年前に家内がおらんようになってからは、ずっとひとりで暮らしてます」

「奥さんは病気か何かで？」

「脳出血でしたんや。笑子は病気ひとつせん、丈夫そのものやったんですが」

「奥さんは笑子さんて言わはるんですね。おいくつのときに？」

こいしがノートを開いた。

「六十九歳になったとこでした。誕生日の次の日に……」

「お気の毒に」

「おたくは早(はよ)ぅにお母さんを亡くしてはるんやてな。寂しいことやろ」

「焼きうどんを捜してはるんでしたね。どんな焼きうどんなんか、詳しいに話してもらえますか」

思いは語らず、話を本題に戻すこいしは、きっと母のことに触れられたくないのだろう。

「三年前に笑子が作ってくれよった焼きうどんですねん」

「奥さんのお手製やったんや。笑子さんは焼きうどんが得意料理やったんですか」

ノートに焼きうどんのイラストを描いて、こいしがペンをかまえた。

「それが、あとにも先にも、笑子が焼きうどんを作りよったんは、そのときだけですねん」

「なんでやろ。ちょっと不思議ですね。うちはお父ちゃんが好きやさかい、ときどき焼きうどんを作ってくれはるけど」

「わしがあんまり好きやなかったからです。うどんは大の好物なんやが、夏の暑いときは、たまにざるにするぐらいで、うどんは汁もんやないとあきませんのや。汁のない麺は食べ辛(づろ)ぅて。せやさかい焼きそばも苦手でね、せっかくのうどんを焼くやなんて考えられしません。ぼそぼそして呑みこみにくいし、あんなもんどこが旨いんやろて思うてました。それをようよう知っとるはずの笑子が、よりによってあんなときに焼きうどんを作るやなんて」

顔をゆがめ、吉次は吐き捨てるように言った。

「おうどんはお好きやけど、焼きうどんは苦手。食べもんの嗜好て、ほんまに人それぞれなんやなぁ」

こいしが湯気の上がるうどんをノートに描いた。

「食べもんだけやないでっせ。笑子はピアノが好きやけど、オルガンはあかんのですわ。教会からオルガンの音が聞こえてきたら、露骨に嫌な顔しよる。わしにしたらピアノもオルガンも似たようなもんなんやが」

「そうなんや。うちはピアノもオルガンもどっちも好きやけどなぁ。で、よりによってあんなとき、てどういう意味なんです？」

こいしはピアノのイラストを描いてから、ひと膝前に出して、ペンを握りなおした。

「自分で言うのもなんやが、わしは平凡を絵に描いたような人生を過ごしてきましてな」

吉次が二、三度咳ばらいをすると、こいしが立ちあがった。

「冷たいお茶でよろしい？」

「頼んます」

吉次は小さく咳ばらいを続けた。

「平凡な人生て一番ええんと違いますやろか」

こいしは、冷たいほうじ茶の入ったグラスをローテーブルに置いた。

「七十でリタイアするまでそう思うてました。二十二歳で船場の繊維問屋に就職して、二十六歳で笑子と社内結婚して、娘と息子が生まれて、特別ええことも悪いこともないまま、定年を延長してもろて七十まで、おんなじ会社で働いてました。ふたりの子どもも、そこそこしあわせに暮らしとるし、三人の孫にも恵まれました」

冷茶をすすってむせ込んだ吉次は、上着のポケットから白いハンカチを出した。

「そういうのをしあわせて言うんですやん」

こいしは、ポットの冷茶を吉次のグラスに注いだ。

「笑子は若いころからピアノが得意でしてな、教師の免状を持ってますねん。わしがリタイアするとどうじに、近所でピアノ教室を開いたんですわ。わしにはたいした退職金も出まへんでしたさかい、生徒さんの月謝で細々と暮らしてました。趣味ていうほどやないんですけど、夫婦で京都へ来てお寺さん巡りをするのが一番の愉しみでしたんや」

「夫婦で仲良ぅ京都でお寺さん巡りやなんて、ほのぼのしてええもんですね」

　こいしは寺のイラストを描いている。

「『詩仙堂』ていうお寺がありますやろ。リタイアして最初の京都はあそこでしたんや。きれいにサツキが咲いてましてな、新緑もええなぁて言うてたら、急にお腹が痛うなってきたんですわ。それで、ほかにまだ行きたい寺があったんやが、笑子がえろう心配しよるもんやさかい、家に帰って近所の医者へ行きました。薬をもろておさまったんやが、念のために検査してもろたほうがええ、ということになって大学病院で診てもろたら、大腸ガンの末期やて言われましてなぁ」

　吉次がため息をつくと、こいしは無言でペンを置き、しばらく沈黙が続いた。

「余命一年やて言われて、頭のなかが真っ白になりました。病院からの帰り路で、笑子に言おうか言おまいか、そうとう悩んだんですけど、黙ってるわけにもいきませんさかい、思いきって言いましたんや」

「奥さんもショック受けはったでしょうね」

「ところが、女の人は強いですなぁ。それがどうした？　てな顔してますねん。お医者はんかて神さんやない。そんな落ち込む話と違う。逆に考えたら、少なくともあと一年は生きてられるて、お墨付きをくれはったと思うたらええ。笑子がそない言いましてな。それでわしもずいぶん気が楽になりましたわ」

「ようできた奥さんやったんですね。肚が据わってはったんや。うちやったらうろたえるやろなぁ」

こいしが苦笑いした。

「美味しいうどん食べて元気出しなはれ。そう言うて台所に立ったもんやさかい、わしはてっきり、きつねかたぬきか天ぷらか、熱いうどんを作ってくれるもんやと思うてましたんや」

「熱いおうどんが一番の好物やて奥さんも知ってはりますもんね」

「いつもは、さっと出てくるのに、そのときはなんぼ待っても、なかなか出てこん。そない凝ったうどんにせんでも、いつもとおんなじようなんでええのに。そう思いながら待ってましたんや」

「いつにも増して念入りに作ってはったんやね」

「せやのに、焼きうどんを出してきよったんです。はあ？　っちゅう感じですわ。麺は汁と一緒にすすりこむさかい旨いんで、焼いた麺てなもんは、パサパサして喉を気持ちよう通っていかん。しょっちゅう笑子にもそう言うとったさかい、なんで焼きうどんなんやと腹が立ってきましてな」

　吉次は鼻息を荒くしている。

「なにか考えがあってのことやったんと違いますやろか」

　ペンを持ったこいしは、焼きうどんのイラストを描いている。

「気は短いんやが、笑子にはめったに怒ったこともないし、四十年以上のあいだ、夫婦げんかもほとんどしたことない。せやけどこのときだけは、ほんまに腹が立って、焼きうどんの載った皿ごと、流しに放り込みました」

　吉次は肩で大きく息をした。

「気持ちは分かりますけど、せっかく作らはった奥さんもかわいそうやないですか」

「あとから考えたらそうやけど、余命を宣告されて、谷底に突き落とされたような、その日でしたさかいなぁ。それに、ほんまに美味しなかったんですわ。ひと口食べただけで気分悪ぅなって」

　吉次が顔をしかめた。

「ちょっといいですか？　それて三年前のことですよね。で、濱中さんは今こうしてここに。ほんで奥さんは……」

　ノートを繰りながら、こいしはしきりに首をかしげている。

「宣告された余命の一年を過ぎて、二年近ぅ経ったころです。まだ生きとるだけやのうて、えらい身体の調子がええ。どうなっとるんやろ、おかしいなぁ、て言いながら検査の結果をふたりで聞きに行きましたんや。そしたら、お医者はんが何べんも首をかしげてはる。ほんで、どうやらガンが消えたみたいや、て言わはったんです。わしらは、ただ顔を見合わせるだけで、なにがなんやら分からん状況でした。狐につままれたみたいな気分ですわ。お医者はんも半信半疑やったみたいで、とりあえずあと半月様子見てみよ、てなったんです。その半月は大げさに言うたら十年くらいに感じるほど長かったですわ」

「不思議なことて言うか、医学的にはあり得へんことが起こったんやろねぇ」

こいしは思ったままを言葉にした。

「半月後の検査でもガンは影も形もありまへん。お医者はんの奨めで、念のためにほかの病院でも検査してもろたんですが、まったくガンは見つかりまへんでした。お医者はんは奇跡が起こったと言うてくれはったんやが、それでもわしら夫婦は信じてまへんでした。余命を宣告されてからは、あやしげな民間療法に頼ったこともありましたけど、奇跡てなもんが起こるはずない思うてましたさかい、特別なことは、なんにもしてへんのに、突然ガンが消えた言われても信じられまへんわな」

「そのお気持ちはようよう分かります。うちのお母ちゃんもよう言うてました。奇跡なんか起こるわけがない、て」

「それから一年経った今でもこないして元気で生きとるんやさかい、万にひとつの奇跡が起こったとしか思えんのですわ」

「ほんまによかったですねぇ。万々歳ですやん、て言いたいとこやけど、奥さんのほうが……」

　こいしは顔を曇らせる。

「そうは言うても、無罪放免というわけにはいかんやろから、用心して生きていかんとあかんなぁて言いながら、ふたりで祝杯を上げました」

「一番ええときやったんですねぇ」

　こいしはノートにハートマークを描いた。

「それからわずか一週間後の夜ですわ。えらい長風呂しとるなぁと気になって、声を掛けたんやが返事がない。もしやと思うて風呂の戸を開けたら……」

　みるみる吉次の目に涙がたまった。

「きっとホッとしはったんやろねぇ。人間て緊張がゆるんだときが一番怖いて、いっつもお父ちゃんが言うてはります」

こいしも目をうるませている。

「人間の運命ていうのは、ほんまに分からんもんやと思い知らされました」

「それで今になって、なんでその焼きうどんを捜そうと思わはったんです？」

こいしがノートの綴じ目を手のひらで押さえた。

「こないだ、笑子が倒れた晩のことをふと思いだしたんですわ。笑子が風呂から上がってきよったら、あの日なんで焼きうどんを作ったんやて、訊こうと思うてたことを。ずっと不思議に思うてましたんや。余命を宣告されてからは、そんなことまで気がまわらんかったんやが、落ち着いてから、よう考えてみたら、なんであの日に焼きうどんを出してきよったんか。どう考えても合点がいかんのです。もういっぺん、ちゃんと食べて考えてみたい。そう思いましてな」

「そういうことでしたか。けど、焼きうどんを作らはったご本人の口からは聞けへんようになったさかい、捜すのはけっこう難しいんと違うかなと思います。なんでもえので、細かいことでも、覚えてはることを教えてください」

こいしは背筋を伸ばし、開いたノートを膝の上に置いた。

「さいぜんも言うたように、ひと口食うただけで、流しに放ったさかい、焼きうどんやったということ以外は、ほとんど覚えてまへんのや」

腕組みをして、吉次がソファの背にもたれかかった。

「どんな具が載ってました？　色とかはどうでした？　ソースとかは掛かってませんでした？」

矢継ぎ早に訊かれて、吉次はただうなっているだけで、何も答えられずにいる。

「そらそうですよね。余命を宣告されはったその日に出てきたもんを、しかも苦手やった食べものがどんなんやったかて、頭に血が上ってたら、覚えてはるわけないですよね」

「すんませんなぁ、やっぱり、こんなんでは捜してもらえしませんか」

肩を落とした吉次は、上目遣いにこいしの顔色をうかがっている。

「奥さんはどちらのご出身ですか？」

こいしは話の向きをがらりと変えた。

「北九州の八幡の出ですわ」

「奥さんとは、大阪の会社で社内結婚やったんですよね」

こいしが小首をかしげた。

「わしが勤めてたんは、小さい会社ですけど小倉に支社がありましてな。支社て言うても小さい倉庫を間借りしてるだけでしたんやが、笑子はそこで電話番をしとったたんです。月に一回出張があって、向こうで会うてるうちに親しいなったんですわ」

「なるほど。遠距離恋愛やったんですね」

「まぁ、そうなりますかな。向こうで会うたり、大阪へ出てきよったり、でした」

「念のために、奥さんのご実家の住所を教えてもらえます？」

こいしがノートを差しだした。

「実家て言うても、あっちの両親もとうに亡くなってるし、笑子の兄貴がひとりで住んでるんやけど、こっちのほうがだいぶ……」

住所を書きながら、吉次が頭を指さした。

「小倉の支社は今もあるんですか？」

「細々と続いとるみたいやけど、笑子のことを知ってるもんはいまへんわ。いちおう住所は書いときますけど」

吉次は支社の住所をすらすらと書いた。笑子宛てに何度も書いた住所は、はっきりと記憶に残っているのだ。

「九州と大阪やったら、食べもんの好みも違いました？」

こいしはノートのページを繰った。

「そない変わりませんで。関東やとか東北のほうやったら違うかもしれませんけど」

「そう言うたら、博多のおうどんも京都みたいにやわらかいんですよね」

「そうですねん。わしも笑子も讃岐みたいなコシの強いうどんは苦手でして」

「うちもあんまり好きやないわ」

こいしはノートにいたずら描きしている。

「頼りないことで悪いんやが、なんとか捜してもらえませんやろか。あの焼きうどんをちゃんと食うてみたいんですわ」

ローテーブルに両手を突いて、吉次は頭を下げた。

「分かりました。て言いたいとこですけど、作らはったご本人にはもう訊けへんし、食べはった濱中さん自身も、ほとんど覚えてはらへんから、捜すて言うても雲つかむような話ですわ。あとはお父ちゃんの腕次第やと思うて、あんまり期待せんと待っててください」

こいしは手のひらで腕を二、三度たたいた。

ふたりが食堂へ戻ると、流は両手いっぱいに広げていた新聞を慌ててたたんだ。

「あんじょうお聞きしたんか」

「しっかり聞かせてもろたんやけど……」

こいしは吉次を横目で見て、肩をすくめた。

「どんな焼きうどんやったか、ほとんど覚えとらんもんで、ほんま頼りないことで申しわけありません。なんとかよろしゅう頼みますわ」

吉次は哀願するように手を合わせた。

「せいだい気張らせてもらいます」

椅子から立ちあがって、流が唇をまっすぐに結んだ。

「そやそや、今日のご飯代を払わんと」

吉次はジャケットの内ポケットから長財布を取りだした。

「探偵料と一緒にいただきますんで、今日のとこは」

こいしが手を横に振った。

「だいたい二週間ぐらいで捜せる思いますさかい、そのころにまた連絡させてもらいます」

「ほな、愉しみに待っとります」

長財布をもとに戻した吉次は、ジャケットのボタンを留めて玄関の引き戸を引いた。

「このままお帰りですか？」

送りに出て、こいしが吉次に訊いた。

「ひとりで寺巡りしても寂しいだけで、ひとつも気晴らしになりませんのや」

吉次が足元に目を落とした。

「お気を付けて」

流の声に背を押されるように、吉次は正面通を東に向かって歩きだした。

見送って店に戻るなり、流がこいしに向かって手を差しだした。

「早ぅそのノートを見せてくれ。どんな焼きうどんなんや」

「いっつも言うてるかもしれんけど、今回はほんまに難問やで」

「お前の顔見たら、それぐらいはよう分かる」

ノートを受けとって、流はカウンター席に腰かけた。

「考えてみたら、焼きうどんてしばらく食べてへんなぁ。どんな味やったか忘れてしもたわ」

隣に座って、こいしは茶を淹(い)れている。

「わしの焼きうどんは、たんびたんび味付けを変えとるさかいな」

流がノートを繰った。

「けど、余命を宣告されるて、どんな気分なんやろなぁ」

こいしは流の前に湯呑(ゆのみ)を置いた。

「たしかに難問やな。なんにもヒントがないがな」

流は最初のページに戻って、顔をしかめた。

2

京阪本線の七条駅で特急電車を降りた吉次は、橋の上から鴨川を見下ろした。毎年七月半ばともなると、どこからともなく祇園囃子が聞こえてきて、浴衣姿の女性がその姿を川面に映すのだが、今年はそんな気配などみじんもない。流れる水の少なさが寂しさを象徴しているようだ。

それでも梅雨明け直後の蒸し暑さは例年どおりで、白いポロシャツはすでに汗まみれになっている。黒いセカンドバッグを小脇に抱え、吉次はゆっくりと歩きだした。『渉成園』の入口もひっそりしていて、正面通を歩く人の姿が見当たらないのは、暑さのせいだけではないのだろう。

「こんにちは。濱中ですけど」

『鴨川食堂』の引き戸をゆっくり開けた吉次は、店の奥を覗きこんだ。

「おこしやす。お待ちしとりました」

茶色い作務衣姿の流が、おなじ色の和帽子を取って吉次を迎えた。

「ご連絡ありがとうございます。正直こない早いこと見つけてくれはるとは思ってませんでした」

吉次は首筋の汗をハンカチで拭った。

「暑ぅなりましたけど、なんや今年の夏はけったいな感じですわ。すぐにご用意しますさかい、お掛けになって待ってとぅくれやす」

流が引いたパイプ椅子に吉次が腰をおろした。

「笑子は祇園祭が好きでしてなぁ、鉾建てが始まるとすぐに京都へ来たもんですわ」

「お冷を置いときます。ビールのほうがよかったですかいな」

「いえ、しっかり焼きうどんを味わいたいので、今日はお酒はやめときます」

吉次はハンカチをズボンのポケットにねじこんだ。

「量はどないしましょ。多めか少なめか」

「最近は食が細ぅなりましたさかい、少なめにしといてください。特にこない暑いと食欲も出ませんしな」

「承知しました」

和帽子をかぶり直して、流が厨房に入っていった。

それが京都人の嗜好なのかどうかは分からないが、京都の店はどこも冷房がゆるい。大阪だと店に入ってすぐ冷気に包まれ、あっという間に汗が引くのだが、薄ぼんやりとした冷気が漂っているだけで、また汗が額に滲んでくる。

吉次はポケットからハンカチを取り出し、額に当てた。

三センチほど開いた窓から入ってくる風のほうが、心地いいような気がする。エアコン嫌いの笑子なら、きっと目を細めて喜んだに違いない。

肉を炒めているのだろうか。小気味いい音とともに、芳ばしい香りが厨房から漂ってくる。鼻をひくつかせた吉次は、腰を浮かせて店の奥を覗きこんだ。

どんな焼きうどんが出てくるのか、期待半分、不安半分だ。あの日なぜ笑子が焼きうどんを作ったのかが分かるかもしれない。そう期待する反面、焼きうどんだったという以外に、味も中身もほとんど覚えていないので、おなじ焼きうどんかどうかを判別できないのではという不安が勝ってしまう。

「お待たせしてすみませんね。もうすぐでき上がりますし」

こいしは吉次の前に白磁の箸置きと、杉の割り箸を置いた。

「ちょっとも急いてませんさかい、ゆっくりでよろしいで」

吉次が喉を鳴らして冷水を飲みほした。

「今の季節は、冷たいお水が一番のごちそうかもしれませんね」

こいしは、水滴に覆われたガラスポットを、テーブルの端に置いた。

「お待たせしましたな」

流がテーブルに置いた焼きうどんからは、ほんのりと湯気が上がっている。

「ええ匂いがしとる。こんな焼きうどんやったような気がしますわ」

吉次は皿に覆いかぶさるようにして、焼きうどんをじっと見つめている。

「どうぞごゆっくり」

銀盆を小脇にはさんだ流が背中を向けると、こいしはすぐそのあとを追った。

かすかな記憶に残る焼きうどんと、幾度となく想像してきた焼きうどんを重ねると、こんな感じだ。具はタマネギとキャベツと肉。たぶん豚肉だろう。唯一意外だったのは、うどんが思っていたより細いことだ。

手を合わせた吉次は、箸を割ってうどんを掬ってみた。

思っていたよりも持ち重りのするうどんだ。箸から伝わる感触だと、いつも食べている、くにゃりとしたうどんではなく、しっかりコシもあるようだ。

このために腹を空かせてきたが、やはり食欲はさほど起こらない。これが汁うどんだったら飛びつくところなのだが。苦笑いしながら、吉次は仕方なくといったふうに、うどんを口に運んだ。

二度、三度嚙みしめる。思ったとおり、しっかりとコシのあるうどんだ。味はと言えば、子どもを連れて縁日へ行ったとき、屋台で食べた焼きそばによく似ている。ソース味だが、和風に感じるのは醬油でも混ざっているからか。決して旨いとは思えないが、吐きだしたくなるほどまずいものでもない。

また箸を伸ばす。口に運ぶ。嚙む。なんとも単調な食べものだ。かけうどんだと、麺を食べる合間に汁をすする愉しみがある。麺と汁を交互に口にすることで、気持ちが少しずつ落ち着いてくるのだが、わずかばかりの具と一緒に麺ばかり食べ進めても、満足感が得られない。

やっぱりうどんは汁と一緒でないと。半分ほど食べたところで、そう結論付けた。

なのになぜ、笑子はあのとき焼きうどんを出したのだろう。

ふいに笑子の声が聞こえてきた。

――心配しぇんだっちゃ大丈夫。神しゃまでも間違うことはあるっちゃけん――

あの日、焼きうどんを出しながら、笑子はたしかにそう言った。ふだんはほとんど使わない方言を使ったのは、平然を装いながらも動揺していたからかもしれない。

笑子はどんな思いで、この焼きうどんを作っていたのか。出会ったころを思いだしていたのだろうか。それともふたりで京都を訪ね歩いたことか。

「どないです？　こんな味やったんと違いますかな」

流が傍らに立った。

「おぼろげにしか覚えてへんのですけど、たしかにこんな焼きうどんやったように思います」

箸を置いて、吉次は流に顔を向けた。

「よろしおした」

流はかたい表情を崩さずにうなずいた。

「捜してくれて頼んどいて、こんなこと言うのもなんなんやが、よう見つけてくれはりましたな。笑子の口から聞かん限り、無理やないかと思うてました。どないして捜さはったんか、教えてもろてもよろしいかいな」

吉次は正直な気持ちを伝えた。

「座らせてもろてもよろしいか」

「どうぞどうぞ」

吉次に一礼して、流はテーブルをはさんで向かい側に腰かけた。

「焼きうどんて、関西ではあんまり一般的やないですわな」

「せやのに、なんであの日わざわざ笑子は焼きうどんを出してきよったんか」

吉次はわずかに残った焼きうどんを見ながら、左右に首をひねった。

「その焼きうどんが小倉の名物やていうことは、ご存じなかったですか？」

「まったく。むかしからですか？　最近のことと違いますか？」

目を剝いて、吉次はぽかんと口を開いたままだ。

「奥さんが台所に立たはって、だいぶ時間が経ってから、焼きうどんが出てきたて覚えてくれたはったんが大きなヒントになりました。小倉名物の焼きうどんは乾麺を使うのが一番の特徴です。せやさかい、茹でるとこから始めたら時間が掛かりますねん」

「すぐ支度するて言いよってから、焼きうどんが出てくるまで、えらい時間が掛かったように思うたんやが、乾麺を茹でとったんですな」

「昭和三十年ごろから、知る人ぞ知る、小倉の名物やったそうです。今みたいに情報が発達しとらん時代やさかい、誰でもが知ってるっちゅうことはなかったんですやろけど」

「小倉にはなんべんも行きましたけど、知りまへんでした。笑子もそんなこと言いまへんでしたしな」

吉次はしきりに首をかしげている。

「きっと奥さんは、焼きうどんが濱中はんの好みに合わんことを知らはったさかい、触れはらなんだんや思います」

「それやったらなおさらですがな。わしが人生最大のショックを受けとるときに、好みに合わんもんを、なんでわざわざ……」

顔をしかめた吉次はこぶしを握りしめた。

「ここから先はわしの推測ですけどな」

流は座りなおして続ける。

「きっと奥さんも動揺してはったんや思います。なんぼ肚が据わっとっても、そんな話を聞いて、うろが来んはずがない。けど自分までがうろたえてたら濱中はんは余計落ち込まはる。そう思うて奥さんがとっさに思いつかはったんが一発逆転やったんやないかと。ショック療法っちゅうやつですわ」

「……」

腕組みをしたまま、流の言葉を理解しようとしてか、吉次は黙りこくっている。

「そこで好物のかけうどんを出してはったら、どない思わはりましたやろ。憐(あわ)れまれてるように思わはったんと違いますやろか。もう、これで人生も終わりや。そう思うて濱中はんは落ち込むいっぽうやったと思います。人生山あり谷あり、てよう言いますけど、山には山の、谷には谷の食いもんがある思うてます。山のテッペンに居(お)るときは、なんぼでも旨いもん食うたらええ。けど、谷底に居るときは、ただただ食えるっちゅうだけで感謝せなあかん。食える、っちゅうのは生きとる証拠でっさかい。山メシは美味、谷メシは滋味。わしはそう思うてます」

「その谷メシが焼きうどんやった、ということですか」

吉次は深く長いため息をついた。

「その場で思い付かはったんやろけど、この焼きうどんは奥さんには馴染(なじ)み深い料理やったんです」

「この焼きうどんがですか？」

「さいぜんも言いましたように、小倉の名物ですさかい、奥さんは結婚前、しょっちゅう食べてはった。それがこの店です。支社のほん近所ですわ」

流がタブレットの写真を吉次に見せる。

「失礼やけど、えらい古臭い店ですな。ほんまに笑子は、ここへ焼きうどんを食べに行っとったんですか」

ディスプレイに目を近づけて、吉次がまた首を横に振った。

「結婚なさる前はここの常連客やったそうで、お店のご主人がよう覚えてはりました」

「鴨川さんはどないしてこの店にたどり着かはったんです？」

　吉次はいぶかしげに訊ねた。

「支社の近くで、五十年ほど前に焼きうどんが人気やった店を、順番にあたってみましたんや。あとは勘ですわ。なんとのうそんな雰囲気がある店で、ピアノの上手な若い女の客が来てたんを覚えてはりませんか、て訊いて、三軒目で当たりですわ。もうすぐ引退するんやて言うてはった八十八歳のおばあさんですけど、記憶力がたしかなんですな。笑う子て書いて笑子ていう女性やったて。きっちり覚えてはりました。奥さんはほんまに焼きうどんが好きやったんですなぁ。週に三日は食べに来てはったんやそうです」

「そうやったんですか。そんなこと、おくびにも出しませんでしたな」

「徹底して、濱中はんの好みに合わそうと思わはったんですやろ。うちの掬子もそうでした」

「うちにはとってもやないけど、真似できひんわ。素晴らしい奥さんやったんですね」

　こいしが遠慮がちに言葉をはさんだ。

「その当時、支社の近所には、笑子はんのファンの人がようけやはったらしいです。町内の集まりやとか、誰ぞの誕生会やとか、頼まれたらどこへでも、気軽にピアノを弾きに行ってはったさかい」

「倒れるまでずっと、ピアノは続けてましたわ」

　吉次が遠い目をした。

「小倉の魚町（うおまち）の町内会に坂上（さかがみ）笑子はんが演奏しはったときのテープが残ってるはずや。お店のご主人がそう言ってわざわざ捜してきてくれはりました。今はほとんど見かけんカセットテープっちゅうやつですわ。これをわしのタブレットに録音させてもらいました。ちょっと聞いてもらえますか」

　流がぎこちない手つきで、タブレットを操作すると、雑音交じりのピアノの音が聞こえてきた。吉次は耳に手を当てて、じっと聞き入っている。

「これこれ。笑子の十八番（おはこ）ですねん。耳にタコができるほど聞いてきました。今とちっとも変わらん。進歩しとらんのかな」

　吉次は泣き笑いしている。

「うちもピアノが好きやさかい、ショパンの〈ロマンス〉やてすぐ分かりました」

　ピアノの音色に合わせて、こいしがメロディーを口ずさんだ。

「ピアノ協奏曲第一番の第二楽章なんやそうですわ。わしもええ勉強させてもらいました」

流が手に取ってタブレットの文字を読んだ。

「諳（そら）で歌えるぐらい、なんべんも聞かされましたけど、〈ロマンス〉っちゅう曲名は今初めて知りました。興味がないっちゅうのは困ったことですな」

目尻の涙を指で拭い、吉次はメロディーを鼻歌で奏でている。

「肝心の焼きうどんですけどな、戦後の物不足のときに、中華麺の代用として、うどんの乾麺を使（つこ）うたんが始まりみたいです。具は豚コマ、タマネギ、キャベツと至ってふつうです。ソースはそれぞれの店で工夫しとったみたいで、奥さんが好んで食べてはった店のは、ウスターソースと醤油のミックスやったようです。いちおうレシピも書いときました」

流がファイルケースを手わたすと、吉次は両手で捧（ささ）げ持って、深く頭を下げた。

「ありがとうございます。谷メシ、ええ言葉ですな。心しときます」

「今は、飽食やとかグルメやとか言われとる時代ですけど、食いもんっちゅうのは生きるためのもんですわな。それを気付かせてくれるのが、谷メシと違いますやろか。生きるためには生きんならん。生きとったらなんでも食わなあかん。奥さんはそれを伝えたかったんや思います」

「その焼きうどんが奇跡を生んだんかもしれませんね」

こいしがそう言うと、吉次は大きくうなずいた。

「そや、うっかり忘れるとこやった。この前の食事代と併せて、探偵料を払わんと」

吉次はセカンドバッグから長財布を取りだした。

「うちは特に代金を決めてません。お気持ちに見合うた金額をこちらに振り込んでもらえますか」

こいしがメモ用紙を手わたすと、吉次はふたつに折って財布にしまった。

「枚方に帰ったらすぐに振り込ませてもらいます」

「ちっとも急ぎまへんで」

流が引き戸を開けると、外の熱気が店のなかに流れこんできた。

「夏の暑さもいよいよ本番やね」

こいしが顔をしかめると、吉次は夏空を見上げてから敷居をまたいだ。

「お世話になりました」

一礼して吉次は正面通を東に向かって歩きだす。

「濱中はん。これを持って行ってください」

流が小さな封筒を差しだした。

「これは？」

受け取って吉次が不思議そうに裏返した。

「なかにメモリーカードを入れてます。例のショパンの〈ロマンス〉をオルガンで弾いた曲が録音してあります。わしの友達に頼んで弾いてもろたんです。谷底にやはる奥さんに聞かせてあげてください」

「……。谷メシならん、谷音楽ですな。ありがとうございます」

拝むように封筒を両手で包みこみ、吉次は涙顔を流に向けた。

「忘れんように赤い服着て行きなはれや」

「はい」

頬をゆるめて、吉次が歩きはじめた。

「奥さん、おだいじに」

呆然（ぼうぜん）と突っ立っていたこいしが、慌てて背中に声を掛けると、吉次は立ちどまって深く腰を折った。

吉次を見送って、店に戻るなり、こいしが高い声を出した。

「なんでうちに黙ってたん？　てっきり奥さんは亡くならはったもんやと思うてたや

んか」

「黙ってたわけやないし、わしもたしかめたわけやない。けど、濱中はんはいっぺんも亡うなったて言うてはらへんかったがな」

流がカウンター席に腰かけた。

「そう言うたらそやけど、奥さんは倒れはってそのまま亡くなったもんやと。お父ちゃんはなんで生きてはると思うたん？」

　こいしが隣に座った。

「濱中はんの目ぇやねん。奥さんの話をしはるとき、わずかやけど輝くんや。もしも亡うなってたら、目ぇから光が消えるし、濁ってまいよる。おそらくは意識もないままなんやろけど、奥さんの顔はずっと見てはるさかい、輝きを失うたらへん」

「さすが元刑事や。オルガンの〈ロマンス〉が奇跡を起こしたらええのにな」

　立ちあがってこいしが仏壇の前に座った。

「奇跡てなもんは、そない簡単に起こるもんやない。けど、濱中はんが希望さえ持ち続けはったら、それでええと思う」

　流がこいしの横に並んだ。

「目を開けんでも、口きけんでもええし、どんな状態でもええさかい、お母ちゃんにも生きてて欲しかったな」

掬子の写真を見上げて、こいしが声をつまらせた。

「精いっぱい。掬子にとってはあれが精いっぱいやったやろ。あれ以上苦しませること
とはわしにはできなんだ」

目を赤く染めて、流が線香を供えた。

第五話　タマゴサンド

1

京都駅前で空港リムジンバスを降りた川井太郎は、あまりの暑さに顔をしかめた。

京都には何度も仕事で訪れているが、撮影はたいてい春か秋だ。たまに雪景色をリクエストされることもあるが、夏の京都は初めてと言ってもいい。

食を捜すという目的がなければ、きっとこんな暑いさなかに京都へ来ることはなか

ったださう。仙台で生まれ育った太郎は、どんな寒さでも耐える自信があるが、暑さにはからきし弱い。

信号待ちをしているだけで、青いストライプのシャツは早くも肌にまとわりつきはじめている。ホワイトジーンズも色こそ涼しげだが、なかには熱気がこもっている。目指す『鴨川探偵事務所』は駅の北側にあるようだ。駅ビルのなかを通り抜ければ、少しはエアコンの恩恵をたまわれるだろう。

京都駅ビルに入った途端にすーっと汗が引いた。いつ来ても混雑している京都駅ビルだが、今日は人もまばらで、キャリーバッグをまっすぐ引いても、人とぶつかることがない。

エスカレーターで二階へ上がった太郎は、南北自由通路を通って、塩小路通へ出た。烏丸塩小路の角に立つと、いやでも目に入るのが京都タワーだ。ぎらつく真夏の太陽に挑むかのように、屹立する白い塔にレンズを向けたくなった。

幾度となく見上げてきたが、これまで一度たりとも撮ろうと思ったことはない。シャッターを切りながら、夏に似合う白い塔だからか、それとも心境の変化なのか、太郎には判別できなかった。

〈料理春秋〉の編集部から送られてきた絵地図を頼りに、烏丸通を北へ歩くと、やがて正面通に出た。絵地図の向きを変え、角を曲がった太郎は、キャリーバッグの音を立てながら東へ向かった。

「こんにちは。こちらは『鴨川探偵事務所』でしょうか」

引き戸を開け、太郎は首から先だけをなかに入れて声を掛けた。

「おいでやす」

作務衣（さむえ）姿の男性はどう見ても探偵らしくない。

「この地図が間違ってますかね」

太郎が絵地図を見せた。

「合（お）うてまっせ。探偵事務所は奥にありましてな、ここは食堂ですねん。わしは主人の鴨川流て言います」

流が和帽子を取った。

「鴨川さんは探偵も兼業なさっているのですか？」

太郎が首をかしげながら訊（き）いた。

「まぁ、そんなようなもんです。食を捜してはるんやったら、どうぞお掛けください」

「失礼します」

キャリーバッグを持ちあげて、太郎は店のなかに入った。

「暑ぅてすんまへんなぁ、今日は食堂は休んどるもんで、冷房を入れてまへんのや。すぐに効く思います」

リモコンを手にした流は、作務衣の袖で額の汗を拭いた。

「夏の京都は初めてなのですが、聞きしに勝る暑さですね」

太郎はタオルハンカチで首筋の汗を拭った。

「どちらからお越しに？」

流がキャリーバッグに目を向けた。

「仙台からまいりました。川井太郎と申します」

太郎が名刺を差しだした。

「フォトオフィス川井……。写真屋さんですか？」

受け取って流が顔を上げた。

「カメラマンをしております。雑誌の仕事なんかで京都へもよく来るんですよ」

「そうでしたか。〈料理春秋〉の仕事もしてはるんですか？」

「いえ。僕は風景専門なので、仕事仲間に紹介してもらっただけです」

太郎は絵地図を折りたたんで胸ポケットに仕舞いこんだ。

「探偵事務所のほうは娘のこいしが所長をしとりますんやが、ちょっと出かけてますねん。川井はん、お腹の具合はどないです？　よかったらお昼を召しあがりまへんか」

「正直お腹は空いてるんですけど、さっき食堂はお休みとおっしゃってましたよね」

太郎がキャリーバッグを傍に置いた。

「今日は夜に仕出しを頼まれてましてな、ちょっとまとまった数やさかい、昼を休んで仕込みをしとるとこです。ひとり分ぐらいやったら融通がききますさかい、ご用意できます。なんぞ苦手なもんはおへんか」

「ありがたいです。好き嫌いはいっさいないのですが、激辛は苦手です」

「わしも激辛はあきまへん。お酒はどないしまひょ」

「嫌いじゃないもので……。冷えた白なんかがあれば嬉しいのですが」

「ちょうどわしが晩酌に飲んどる白ワインが冷えてますさかい、それをお出ししますわ。ちょっと待っとぅくれやっしゃ」

流は小走りになって店の奥へ向かった。

大きな音を立てている割に、エアコンの風はさほど冷たくない。肩をすくめて太郎は、たたんだ新聞で顔を扇いだ。

暖簾も看板もなかったのは、常連客だけを相手にしているからなのか。たまたま今日は営業を休んでいるから出していないのか。仙台なら後者に決まっているが、京都なら前者だということも大いにあり得る。

風景写真一枚撮るにも、京都では少なからぬ制約がある。ときには面倒な手続きが必要だったり、料金を請求されることもあった。少しずつ収入が増えてきたとは言え、まだまだ懐は寂しい。食堂然とした店の様子を見て、気軽に頼んでしまったが、京都なら高額な代金を請求されかねない。今さら遅いかもしれないが、気を引きしめなければ。

「お待たせしましたな。日本のワインも値ごろで旨いもんが出てきましたな」

流が持って来た白ワインには水滴がびっしりと付いていて、よく冷えていることを表している。

「ほう。巨峰を使っているんですか。甘そうに思えますが、辛口なんですね」

巨峰の二文字が目立つラベルには、ブラン・ド・ノワールと書かれている。

「ワイナリーで買うてきたんですけど、今は品切れしとるみたいです。まとめ買いしといてよかったですわ」

流がスクリューキャップをはずし、ワイングラスに注いだ。

「そんな貴重なものをいただいてもいいんですか？」

注がれたワインを見つめて、太郎は目を輝かせている。

「遠慮のう飲んどぅくれやす。すぐに料理をお持ちしますさかい」

「ありがとうございます」

流が背中を向けると、太郎はすぐにグラスを持って鼻先に近づけた。

最初に感じた香りは、ワインと言うよりジュースに近いものだった。思ったとおり甘いワインなのだろうと口に含むと、キリッとした辛口だ。何より驚きだったのは、紛れもない巨峰の香りが鼻に残ったことだ。

流が置いていったボトルにはクーラーカバーがかぶせてある。そっとそれをはずしてみると、日本産巨峰種使用と記してある。黒葡萄から造られた白ワインはほどよい酸味で、好みにぴったりだ。ワイン通とはほど遠い太郎でも、コルク栓ではなく、スクリューキャップ式は、希少で高価なワインに使わないことは承知している。少しばかり安堵して飲みほした太郎は、ゆっくりとワインを注いだ。

「ワインはお口に合うてますかいな」

暖簾の奥から出てきた流が、両手で抱えているのは重箱のようだ。

「とても飲みやすくて美味しいです。ワインには詳しくないのですが、巨峰でもこんな美味しいワインができるとは知りませんでした」

「わしもおんなじですわ。あの巨峰がこない旨いワインになるんやて、びっくりしました。ワインに合うかどうかは心もとないんでっけど、料理を重箱に詰めてみました」

流がテーブルに二段重を置いて、そっとふたをはずした。

「なんだかおせち料理みたいですね」

太郎はふたつの重を見まわしている。

「近ごろ年輩の方は外食を避けはることが多いみたいで、家にごっつぉを届けてくれてよう頼まれます。今夜もご近所さんで宴会をしはるんやそうで、それとおんなじようなんを作らせてもらいました。簡単に料理の説明をしときます。右の一の重からいきますわ。上の左端は毛蟹の二杯酢和え、その横はタコの唐揚げ、右端は豚の角煮大根です。下の右が鱧の南蛮漬け、その隣は岩ガキをスモークして、白菜で包んだもんです。下の左端は炙った牛ヒレを辛子醬油に漬け込んでます」

「いやぁ、どれも美味しそうですね」

太郎は生つばをごくりと呑みこんだ。

「左のほうはご飯もんの詰め合わせにしました。ちらし寿司は刻み穴子をようけ混ぜてます。青豆のおこわはショウガ塩を振って食べてください。細巻きの寿司はカンピョウと鉄火です。小さい碗に入ってるのは鰻ご飯、炊いた実山椒をよう混ぜて召しあがってください。最後に汁そばを出さしてもらいますんで、声を掛けてください」

説明を終えると、流は一礼して下がっていった。

じっと重箱を眺めていた太郎は、思いだしたように両手を合わせてから箸を取った。太郎が最初に箸を付けたのは、牛ヒレだった。肉好きなせいでもあるが、温もりを感じたからでもある。

重箱に入っているから、作りおいたものばかりだろうと思ったが、牛ヒレは焼き立てのようで、口に入れると芳ばしい香りが一気に広がった。

辛子が鼻につんと来るが、過ぎるほどではなく、いくらか甘く感じる醬油との相性がとてもいい。あっという間に二個の角切り肉を食べて、太郎はワインを注ぎ足した。

少しばかり太郎が後悔しているのは、写真を撮らなかったことだ。

職業柄、カメラはいついかなるときも持っている。写したいという意欲が湧けば、何をおいてもレンズを向ける。ただひとつ例外があるとすれば、それは料理だ。

専門外ということもあるが、まるでそれが当然でもあるかのように、レストランやカフェでスマートフォンを使って写真を撮る人たちと同類になりたくないからでもある。自分の記録として撮るならまだしも、それをSNSなどで公開するために撮るというのが、どうにも太郎には理解ができない。

しかし今日の料理だけは別だ。周りに誰も居ないから迷惑をかけることもないし、いい按配に外光が入っているから、自然光で充分きれいに撮れる。食を捜しに来て、思いがけずこんな料理を食べた。それを記憶に留めるために撮っておけばよかったと悔いる。

いや、しかし遅過ぎることはない。まだひと品食べただけだから、うまく画角を調整すれば見苦しくはならない。

太郎はキャリーバッグのフロントジッパーを開けて、デジタルカメラを取りだした。仕事以外のスナップはいつもこの小さいカメラで撮っている。

食べた痕跡を隠し、ふたつの重箱を並べてレンズを向ける。一眼レフではなくコンパクトデジカメなので、ファインダーを覗くことなく、画面で画角をたしかめてシャッターを切る。

いい画が撮れたことをたしかめ、安心して箸を取った太郎は、タコの唐揚げを口に入れた。写真を撮るあいだに少し時間が経ったせいか、ほんのりと温かい唐揚げからは、ニンニクとショウガの香りが漂ってくる。しょっちゅう食べている鶏の唐揚げとおなじ味わいだが、いくらか上品な後味が残るのは、タコのせいか、それとも味付けのせいか。

ふつうならご飯ものは〆に出されるのだろうが、こうして同時に出てくるのも存外新鮮な感じがする。

箸を置いた太郎は鉄火巻きを指でつまんだ。

ざっと見たところ、重箱のなかに醤油らしきものは入っていない。入れ忘れと考えられなくもないが、そのまま食べよという意かもしれない。

おそるおそる口に入れて納得した。きっとマグロが醤油に漬けてあったのだろう。しっかり味が付いていて、ほんのりワサビも効いている。

カンピョウ巻きもおなじく、醤油が要(い)らない味付きだった。重箱詰めといえども、細かな配慮が行き届く料理に誂(あつら)えるのは、経験値によるものなのだろうか。

冷えたワインで口のなかを洗い、岩ガキを箸でつまんだ。

大ぶりのカキが薄茶色に染まっているのは、スモークされたせいだろう。燻製(くんせい)の香りはさほど強くないが、何もソースは添えられていない。どんな味が付いているのか。

口に入れた瞬間に分かった。ウスターソースの味だ。カキフライにソースを掛けたときとおなじ味がする。フライのコロモがない分、カキに染みこんだソースの味が強い。だが、白いご飯が欲しくなるほどではない。絶妙の匙(さじ)加減なのだ。

巨峰を使った白ワインに一番よく合ったのは、この岩ガキだ。

などと、エラそうにグルメぶってみたくなるほど、重箱のなかは美味しい料理ばかりだった。

南蛮漬けの鱧、ちらし寿司の穴子、そして鰻ご飯と、おなじ長モノの魚を味わい分けるのも、初めての体験だ。とりわけ鰻は、冷めているのにふっくらとしていて、甘めのタレが絡んだご飯に載せ、あっという間にかき込んだ。

グルメ自慢の仕事仲間がいるせいもあって、美食を口にする機会は少なくはない。ときには格付け本で星を取っている店にも食べに行くが、それをはるかに凌駕（りょうが）する料理だと思う。

あらためて太郎は店のなかを見まわし、その落差に首をかしげた。

京都に美食を求めてやって来る旅人はたくさんいる。そんな人たちに向けて、もっとそれらしい設え（しつらえ）の店にすれば、予約困難な人気店になるのは間違いないはずだ。なのに、なぜこんな食堂然とした造りにし、看板も暖簾も出さないのか。

それとも今は、自粛ムードが続いているから客がやって来ないだけで、疫病が蔓延（まんえん）する以前は大勢の客で賑（にぎ）わっていたのかもしれない。これほどの料理を出す店が流行（はや）らないわけがない。きっと何かわけがあって、わざと目立たないようにしているに違いない。

「どないです。料理はお口に合うてますかいな」

流が傍らに立った。

「いやぁ、口に合うなんてもんじゃないです。こんな美味しい料理を食べるのは初めてです」

「そないべんちゃら言わはらんでもよろしいがな。仙台にも旨いもんはようけあるんやさかい」

「とんでもない。僕はグルメではありませんが、仲間や先輩に連れられて、仙台や東京の名店と呼ばれる店に何度か行きましたけど、こんな素晴らしい料理とは比べられません。すごい才能をお持ちなんですね」

「お言葉はありがとうちょうだいします。けど、才能てなもんはかけらも持ってまへんで」

「でも、才能がなければいくら努力しても、こんなすごい料理は作れませんよ」

「料理だけやのうて、どんな世界でも才能があるだけで成功した人はおへんやろ。何よりだいじなんは、それが好きかどうかです。わしはとことん料理が好きやていうだけですわ」

「そうなんですか……」

太郎はグラスを持ったまま、じっと宙を見つめている。

「こいしも帰って来て待機してまっさかい、そろそろ汁そばをご用意しまひょか」

「そうでしたね。食べることに夢中になってしまって、うっかり食捜しを忘れるところでした」

太郎はワインを飲みほしてグラスを置いた。

「えらい急かしたみたいになってしもて、すんまへんな。すぐにご用意しまっさかい、ゆっくり飲んどいてください」

小走りになって、流が厨房に戻っていった。

そう言えば、探偵事務所の所長は流の娘だと言っていた。となれば三十歳前後だろうか。そんな若い女性に食捜しを頼んでも大丈夫なのか。今さらながら不安になってきた太郎だが、もし空振りに終わっても、これほどの料理を食べられるのだから、よしとしなければ。そう思いなおして、太郎は重箱の料理をさらえた。

「お待たせしましたな。汁そばをお持ちしました。具も入っとらん愛想のないそばですけど、〆にはこんなもんでよろしいやろ」

そう言って流がテーブルに置いた鉢からは、湯気と一緒に、芳ばしい香りが立ちのぼっている。

「そばは大好物でして、なかでもかけそばが一番好きです」

「よろしおした。ネギも入れてまへんし、あんまり京都らしいそばやおへんけど、ゆっくり召しあがってください。お茶も置いときます」

益子焼の土瓶と湯呑を置き、銀盆を小脇にはさんだ流は、また奥に戻っていった。たしかに不愛想なかけそばだ。天かすかネギぐらいは、載っていてもよさそうなものだが、潔いまでに汁そばを貫いている。

京都らしくない、という流の言葉どおり、カツオ出汁の香りはなく、ショウガらしき匂いが鉢から漂ってくる。

数本のそばを掬い、汁を絡ませて口に運ぶと、思いがけない味わいに声を上げそうになってしまった。

いったいどんな出汁を使ったのだろう。これまでに食べたことのない味わいのそばだ。色からして醬油を使っているのはたしかだろうが、どちらかと言えば塩味が勝っている。ほのかに日本酒の香りもする。具は見当たらないが、汁に細かな身らしきものが混ざっている。それが何の身か判別できないほどの細かさだが、どうやらこれが出汁の素になっているようだ。

ようやく効きはじめたエアコンで引いていた汗が、また一気に噴き出した。胃の中から熱が伝わってきて、吐く息までが熱い。

半分以上も食べて、まだ出汁の正体が分からない。ひょっとすると魚ではなく、肉系の出汁なのかもしれない。その匂いを消すためにショウガを使っているのか。

残り少なくなったそばを箸で掬いながら、またグルメごっこをしている自分に、太郎は苦笑いした。

周りの状況に影響されやすい性格は、どんな場面でも顔を覗かせる。食べることは好きだが、どんな食材を使って、どう料理しているかなど、ふだんの食事では歯牙にもかけない。だが、食通の先輩と一緒に食べていると、そこばかりが気になってしまう。

そもそもが今は生業(なりわい)としている、写真の仕事だっておなじなのだ。周りが評価してくれることに一喜一憂し、表現方法を百八十度転換することも、まったくためらわない。生まれ持っての性格なのかと言えば、そうではないような気もしている。

食材が何だとか、どういう料理法だとかは、どうでもいい。おいしい汁そばを食べた。それだけを記憶に留めるとしよう。太郎は箸を置いて手を合わせた。

「ぼちぼち行きまひょか」

じっと待っていたかのように、流が奥から出てきた。

「ごちそうさまでした。お待たせして申しわけありません」

タオルハンカチで首筋の汗を拭いながら、太郎がすっくと立ちあがった。

「お腹のほうはふくれましたかいな」

厨房の横を通り、長い廊下を先導する流が振り向いた。

「お腹いっぱいです。最後の汁そばに止めを刺されました」

太郎が口もとをゆるめた。

「よろしおした」

前を向いて歩く流の両側には、びっしりと写真が貼られた壁が続いている。

「すごい数の料理ですが、これはぜんぶ鴨川さんがお作りになったものですか?」

立ちどまって、太郎が写真に目を近づけた。

「わしはレシピっちゅうもんを、いっさい書き残しまへんさかい、メモ代わりに撮ってますねん。プロの写真家はんに見られたら恥ずかしいですわ」

肩をすくめた流はさっさと廊下を歩いていく。

たしかに素人写真ではあるが、被写体がどういうものであるかを、的確に写しだしている。巧く見せようと技巧を凝らさないのは、料理とおなじくなのだろう。

「あとはこいしにまかせますんで」

突き当たりのドアを流がノックすると、すぐにドアが開いた。

「どうぞお入りください」

ドアのすき間から顔を覗かせたのは鴨川こいしだ。

「失礼します。はじめまして。川井太郎と言います。今日はよろしくお願いします」

太郎が差しだした名刺を、こいしが両手で受け取った。

「鴨川こいしです。留守しててすみませんでした。どうぞお掛けください」

名刺をローテーブルに置いて、こいしが一礼した。

「おかげで美味しい料理をゆっくりいただきました」

太郎はロングソファの真ん中に腰をおろした。

「早速ですけど、ここに記入してもらえますか。簡単でええので」

こいしはローテーブルにバインダーを置いた。

「分かりました」

受け取ったバインダーを膝の上に置き、太郎はスラスラとペンを走らせた。

「太郎さん、お茶かコーヒーかどっちがよろしい？」

「コーヒーをいただきます」

太郎が答えると、黒いパンツスーツのこいしが立ちあがって、コーヒーメーカーのスイッチを入れた。

「仙台にお住まいの写真家さん。三十六歳で独身。バツも付いてへんのですか？」

こいしはローテーブルにノートを広げた。

「恥ずかしながら、結婚どころか、まともに女性と付きあったこともないんですよ」

「つかぬことを訊きますけど、同性の方がお好きやとか、ですか？」

「それもないんです。タレントさんやなんかをテレビで見て、素敵だなぁと思うことはあるんですが、現実となると気に入った女性を見つけることができなくて」

「うちも似たようなもんやな」

「え？」

太郎が声を上げると、ひとりごちたこいしは、あわてて口をつぐんだ。

「で、どんな食を捜してはるんです？」

咳(せき)ばらいをしてから、こいしは話の向きを変えた。

「タマゴサンドです」

太郎がそう答えると、思いだしたようにこいしは立ちあがってコーヒーをカップに注いだ。

「タマゴサンドかぁ。うちも大好きやけど、いろんなタイプがありますよね」

白いソーサーに載せて、こいしはコーヒーカップをふたつローテーブルに置いた。

「コンビニとかで売っている、茹(ゆ)でタマゴを潰したタイプじゃなくて、オムレツっぽいタマゴがはさんであるやつです」

「うちもそっちが好きですねん。あの茹でタマゴタイプは、マヨネーズの味がきつ過ぎて」

こいしはノートにタマゴサンドのイラストを描いている。

「僕は茹でタマゴタイプのほうが馴染みがあるんですけどね」

太郎が小さく笑った。

「いつ、どこで食べはったもんです？」

こいしはノートのページを繰って、ペンを握りなおした。

「十四歳のときですから、今から二十二年前になりますね。市山侑花先生の家で食べました」

「先生て、学校の先生ですか？」

「はい。若林中学校の美術の先生でした」

「写真家にならはったぐらいやから、太郎さんは美術が好きやったんですね」

「水彩画が好きで、美術クラブにも入っていました。もちろん顧問は市山先生でした」

「なんとのう分かってきました。太郎さんはその市山先生に憧れてはったんと違います？」

こいしが上目遣いに太郎の表情をうかがう。

「分かりやすい話でしょ。おっしゃるとおり、僕にはマドンナのような存在でした」

太郎がほんのりと顔を赤らめた。

「そのマドンナさんが作ってくれはったタマゴサンドやったら、美味しいに決まってますやんね」

冷やかすように、こいしは笑顔を太郎へ向けた。

「ところがそうではなかったんです。美味しいどころか、砂を噛むような、というのは、こういうことかと思いながらタマゴサンドを食べたんです」

眉間に皺を寄せて、太郎が顔をゆがめた。

「どういう意味なんです？　詳しいに教えてもろてもよろしい？」

こいしが身を乗りだして、ノートを手のひらで押さえつけた。

「自分で言うのも何ですが、僕は絵の才能があると思っていました。入選とか特選とかを何度ももらっていましたし、将来は画家として身を立てようと考えていましたので、市内の美術科がある高校に進んで、そのあとは東京の美大に入って、と進路を決めていました。担任の先生も進路相談でそう強く奨めてくれましたし、母親もそれを望んでいました」

　ひと息ついて、太郎はコーヒーカップをゆっくりかたむけた。

「うちの同級生もそうやったなぁ。才能を伸ばすにはよけいな寄り道せんほうがええみたいですね。有名な陶芸家に出世しましたわ」

　こいしはノートに茶碗のイラストを描いている。

「夏休みの終わりごろでした。話があるから家に遊びにいらっしゃい、と市山先生から誘ってもらったんです」

　太郎が目を輝かせた。

「ひとつ訊いていいですか？　市山先生は当時おいくつぐらいでした？」

「二十五歳だったと聞いています」

「うわぁ、ど真ん中や。おきれいな人でした？」

「色白で細面で、竹久夢二の絵に出てくるような清楚な女性でした」

　太郎が遠い目を宙に浮かべた。

「そんな先生から自宅に誘われたら、夢見心地やったでしょう」

「はい。歩いていても足が宙に浮いているような、そんな感じで先生のお宅に伺いました」

「先生はひとり住まいでした？」

「いえ、ご実家にお住まいでした。青葉区の上杉というところで、ごくふつうの民家でした。ピアノのある応接室に通されて、観葉植物がたくさん飾ってあったのを覚えています」

「そこでタマゴサンドを出してくれはったんですね？」

「はい。不出来だけど、太郎くんのために心を込めて作ったから食べてね、と言ってくださって」

「ええなぁ。けど、憧れのマドンナさんに、中学生の男の子がそんなん言われたら、胸いっぱいになって食べられへんのと違います？」

「ですね。僕にとって市山先生は初恋の人みたいな存在でしたから。紅茶も一緒に出してくださって、思いきってひと切れ食べたのですが、正直なところ、味はほとんど覚えていません。そのすぐあとに先生から言われたことがものすごいショックだったので」

太郎が深いため息をついた。

「ここまで絶好調やったのに。先生が何を言わはったんか訊いてもよろしい？」

遠慮がちにこいしが訊いた。

「太郎くんには絵の才能がないから、美術科に進学しないほうがいい、そうおっしゃったんです」

「そらショックやわ。ほんまにそんなこと言わはったんですか？」

「最初は冗談だと思ったんです。美術クラブでもいつも僕の描く絵をほめてくれていたし、成績もよかったので、信じられませんでした」

太郎が肩と一緒に声を落とした。

「先生は本心からそう言うてはったんですか？　太郎さんを発奮させよと思うてはったんと違いますか？」

「ちらっとそんなふうにも思ったのですが。先生は心からそう思っておられたのです。と言うのも、画家よりも写真家が向いていると強く言われましたので」

「それで写真家にならはったんや。そういうことでしたか」

ホッとしたように、こいしはペンをノートの上に置いた。

「違います。そのときは写真家なんて眼中にありませんでした。画家になることしか考えていなかったので、金づちで頭をなぐられたような気がしていました。今でもあのときのことを思いだすと頭が痛くなるぐらいです」

後頭部を押さえて、太郎が気色ばんだ。

「けど、今はこうして写真家になってはる。どういうことなんか、ちょっと分からへんのですけど」

こいしは太郎の名刺を手に取り、何度も小首をかしげた。

「僕もそれが不思議なので、あのタマゴサンドを捜しているんです」

太郎が鼻息を荒くした。

「分かったような、分からんような話やなぁ」

こいしは、ノートにクエスチョンマークをいくつも並べた。

「人間って、予想もしないことを言われると中学生でもパニックになるものなんですね。頭が真っ白になってしまって、どんな味だったか、まったく記憶にないんです。ただただ、市山先生に才能がないと言われたことがショックで。たとえ一万人の人から才能がないと言われても、市山先生ただひとりが、ある！　と言ってくださったら一生意志を貫けたと思うのですが」

「お気持ちはよう分かります」

こいしが短くはさんだ合いの手を聞いて、太郎はひと膝前に出した。

「市山先生の家からバスで帰ったのですが、頭がぼーっとしていたので乗り過ごしてしまいました。気が付いたら五つもバス停が過ぎていて、とぼとぼと歩いて帰りながら考えたんです。うちはわけあって母子家庭だったので、真っ先に母親に話しました」

「お母さんはなんて？」

「おふくろは市山先生に全幅の信頼を置いていましたから、先生の助言に従いなさいと言ってました」

「母親やったらそう言うんやろな」

「病弱のおふくろにそう言われたので、もう絵を描くのはやめよう。そうも思ったのですが、画家として大成功をおさめて市山先生を見返してやりたい。おふくろを喜ばせたい。その気持ちが勝ってしまいました。それで予定どおり青葉第一高校の美術科に入学して、画家を目指したんです」

「初志貫徹ていうわけですね。市山先生は何か言うてはりましたか？」

「おめでとう、って言ってくださいました」

太郎がかすかな笑みを浮かべた。

「もちろんそう言わはったやろけど、本心ではどう思うてはったんやろ。複雑な気持ちやったんと違うかなぁ」

「先生の本心を聞きたかったのはもちろんですが」

太郎は唇を一文字に結んだ。

「太郎さんの気持ちはどうやったんです？　下品な言い方になりますけど、ざまぁみろ、っていう感じやったんか、先生の忠告に逆ろうた気まずさがあったんか、どっちです？」

「あとのほうですね。おめでとうって言いながら、先生は哀しい目をしておられたし、先生の助言に逆らったことも後悔しはじめていました」

「まぁ、そうなるんでしょうね。で、そのあとはどうなったんです？」

「高校の美術科では順調でした。成績も悪くありませんでしたし、展覧会でも選外になることは皆無でした」

「写真のほうは？」

「まったく、ですね。市山先生に対する意地みたいなものもあって、高校時代はカメラを持つこともありませんでした」

「それが今は写真家さんしてはるんやから、人生て不思議なもんやねぇ」

「本当にそう思います。遊びのつもりで撮った写真を、雑誌のコンクールに応募したら大賞に選ばれ、あれよあれよという間にプロの写真家になってしまった。今でも半信半疑なんですが、もしも僕に写真家としての才能があったとして、市山先生はそのことをはっきりと見抜いておられたのか。それともあのときの先生の言葉が暗示のようになって、こうして写真家になったのか。どっちだったのかが知りたいんです」

　太郎が冷めたコーヒーを飲みほした。

「そのときのタマゴサンドを食べたら、それが分かるかもしれんということですね」

　こいしの言葉に、太郎はこっくりとうなずいた。

「お話はよう分かりました。がんばって捜します、て言いたいとこやけど、お店の料理と違うさかい、ほんま言うたらご本人に訊かんと捜せへん思うんです。その先生は今どこでどうしてはるかご存じですか？」

「僕が卒業して二年後に若林中学を退職されたことは聞きました。そのあとどうされたか問い合わせてみたのですが、個人情報は教えられないと言われ、どこで何をされているかは知りません。でも、もしも先生を見つけられたなら、直接訊いてもらってもかまいません。僕の名前を出してもらってもいいですし、先生さえよければ会ってお話ししたいと思います」

「たしかに今の時代は個人情報保護て言われたら、難しい思いますけど」

「なんとかお願いします」

　腰を浮かせて太郎が頭を下げた。

「それで肝心のタマゴサンドやけど、どんなんやったか、覚えてはることだけでええので教えてもらえます？　あと市山先生のことも」

こいしがノートのページを繰った。

「オムレツのサンドイッチだったことぐらいしか覚えていないんです。あとはキュウリがはさんであったような。申しわけないのですが、それぐらいです。あと、市山先生のこともあまりよく知りません。実家の場所は覚えていますが、退職と同時に引っ越されたみたいです」

「調味料はどうでした？　辛子とか入ってそうやけど」

「僕は激辛系が苦手なんですが、辛子の辛みは感じませんでしたね」

「そうでしたか。ほんで先生は生まれも育ちも仙台なんやろか」

「大学だけ名古屋に行っておられたと聞きましたが、あとはずっと仙台だったと思います」

「名古屋の大学て美術系やったんでしょうか？」

「おそらくそうだと思います。大学の名前までは聞いていませんが、下宿していたのは、真ん中の観音さんの近くだとおっしゃっていました」

「真ん中の観音さん？　なんのことやろ」

こいしはノートに観音像らしきイラストを描いている。

「先生とお話ししていると、よくその言葉が出てきました」

「ほかに何かヒントになるようなことはありませんか？」

「先生は本当は京都の美大に入りたかったそうなんです。でも残念ながら不合格だったって。それぐらいしか……」

太郎が首を横に振った。

「もう一回そのタマゴサンドを食べたら、何か変わると思うてはります？」

「さぁ、どうなんでしょう。食べてみないと分かりません」

「そら、そうやね。しょうもないこと訊いてすみませんでした」

こいしがノートを閉じた。

「よろしくお願いします」

一礼して太郎が腰を上げた。

長い廊下を歩き、食堂へと戻りながら、太郎の胸のうちではこいしの問いかけが繰りかえされていた。

もう一度あのタマゴサンドを食べたら、何かが変わるのだろうか。変わりたくて食べたいのか、変わりたくないから食べたいのか。考えれば考えるほど分からなくなる。

「あんじょうお聞きしたんか」

待ちかまえていた流がこいしに訊いた。

「ちゃんとお聞きしました。あとはお父ちゃんの腕次第やな」

大きな音を立てて、こいしは流の二の腕をはたいた。

「そないきつうたたかんでも分かっとるがな」

腕を押さえて流が顔をしかめた。

「そうだ、今日のお食事代を」

太郎はジーンズの尻ポケットから財布を取りだした。

「探偵料と一緒にいただきますので」

こいしが答えた。

「次はいつお邪魔したらよろしいでしょうか」

「だいたい二週間あったら捜せる思いますんで、そのころに連絡させてもらいます」

「承知しました。愉しみにお待ちしております」

太郎がキャリーバッグの持ち手を引き上げた。

「今日は京都に泊まらはるんですか？」

「ええ。せっかくですから、あちこち撮っておこうと思って」

「今年の夏は観光客も少ないさかい、写しやすいですやろ」

「それはそれで寂しいですけどね」

キャリーバッグを持ちあげて、太郎が敷居をまたぐと、トラ猫が駆けよってきた。

「こら、くっついたらあかんぞ」

流が追いはらうように声を上げた。

「可愛(かわい)い猫じゃありませんか。飼ってらっしゃるんですか？」

太郎が屈(かが)みこんで頭を撫(な)でる。

「ひるねて言うんですよ。居ついてるんやけど、食べもん商売の店に入れるわけにはいかん、てお父ちゃんが」

こいしが横目で流をにらんだ。

「そっかぁ。しょうがないね。外で可愛がってもらえよ」

太郎が喉を撫でると、ひるねがひと声鳴いた。

「ほんまはおうちに入れて欲しいなぁ」

こいしが抱きあげると、太郎はキャリーバッグを開けてカメラを取りだした。

「一枚いいですか？」

「どうぞどうぞ」

こいしはひるねの顔を太郎に向けた。

「プロの写真家はんに撮ってもらえるような猫やないけどな」

流が冷ややかな目を向けた。

「とぼけた表情がいいですね」

太郎は立て続けにシャッターを切った。

「これでひるねもスターになるかもしれんね」

シャッター音が途切れると、こいしはひるねをおろした。

「ではご連絡をお待ちしております」

キャリーバッグを引き、太郎は正面通を西に向かって歩いていった。

「何を捜してはるんや」

太郎の背中を見送りながら、流がこいしに訊いた。

「タマゴサンド」

「どっかの店のか？」

「初恋の女性が作ってくれはったんやて」

「捜しにくそうやな」

「たぶん」

ふたりの視界から太郎が消えた。

2

二週間前に比べると、いくらか涼しくなったようにも感じるが、それでも容赦なく夏の日差しは都大路に照りつけている。

太郎は顔をしかめながら、白いシャツの袖をまくり上げた。

『東本願寺』を左手に見ながら烏丸通を歩き、正面通を右に折れた。

目指す『鴨川探偵事務所』が近づくに連れ、胸の鼓動は速くなるいっぽうだ。自分でも不思議なほど大きな期待を抱いている。タマゴサンドが見つかったという報せを聞いたときは、思わず電話を床に落としてしまったほど大きく動揺した。

あと何分かすれば、あのタマゴサンドを食べられるのだ。そう思うと息をするのも苦しくなる。引き戸を開ける手が知らず震えている。

「こんにちは。川井ですが」

声まで震えてしまっている。

「ようこそ、おこしやす。お待ちしとりました」

出迎えて、流は和帽子を取った。

「ご連絡ありがとうございました。こんなに早く見つけていただけるとは」

太郎はキャリーバッグを店の隅に置いた。

「思いがけんスムーズにいきましてな。わしもホッとしてます。すぐにご用意しますさかい、どうぞおかけになってお待ちください」

帽子をかぶり直して、流が厨房に戻っていった。

太郎はこの前とおなじ席に腰をおろし、額の汗をハンカチで押さえた。

「おこしやす。暑いとこをようこそ」

こいしは太郎の前に冷茶を置いた。

「ありがとうございます。相変わらず京都は暑いですね」

「仙台は涼しいんですやろね」

「そうでもないんですよ」

凡庸な会話を交わしながらも、太郎の頰はますます紅潮している。

気もそぞろ、というのはこういうことなのか。太郎は厨房での動きばかりが気になって、会話の内容などまるで頭に入っていない。いつになったらタマゴサンドが出てくるのか。今作っている最中なのか、それともこれから作るのか。イラつきはじめたところに、早々と流が姿を見せた。

「サンドイッチはおにぎりと一緒で、必ずしも作り立てが旨いとは限りまへんのや。確証はおへんけど、二十二年前に先生が作らはったときも、あらかじめ作ってはったと思います。小一時間ほど前に作ったもんです。どうぞ召しあがってみてください」

流は太郎の前に皿を置いた。

白い丸皿に紙ナプキンが敷かれ、その上にタマゴサンドが載っている。

「こんなんでした？」

こいしが訊いた。

「え、ええ。見た目はこんなタマゴサンドだったような気がします」

タマゴサンドから目を離さずに太郎が答えた。

「どうぞゆっくり食べとぅくれやす」

流が目くばせをして、こいしとふたりで厨房に入っていった。

三角形ではなく、細長くカットされたサンドイッチは記憶どおりだが、タマゴの色や形はほとんど覚えていない。こんなだったと言われればそう思えるし、もっと薄かったような気もしなくはない。

四切れのうちのひと切れを指でつまみ、ゆっくりと口に運んだ。

美味しい。うっとりと目を閉じてしまいそうなほど美味しい。あのときとまったくおなじだ。タマゴサンドって、こんなに美味しいものだったのか。心からそう思った。ましてやそれを作ってくれたのは、市山先生なのだ。そう思うと胸が爆発しそうになった。

叫びたくなる衝動をなんとか抑え、ふた切れ目を口にしたときだった。突然先生が悪魔になったのだ。あるいは意地悪な魔法使いのお婆さんのようにも思えた。

——太郎くんには絵の才能がないように思えるのよね——

最初はその言葉の意味がよく分からなかった。まったく想像もしていなかったせいだろう。先生が悪い冗談を言っているような気もしたし、自分の耳がおかしくなったのかもしれないとも思った。

いつも絵をほめてくれていた先生の口から、才能がない、という言葉が出るなんてあり得ない。何かの間違いだ。そう思っているのに、先生は追い打ちをかけた。

——写真家が向いているんじゃない？　きっといいカメラマンになると思うよ——

タマゴサンドをぱくつきながら、先生は残酷極まりないダメ押しをした。

記憶がよみがえった太郎は、目の前のふた切れ目にそれ以上、手を出すことができずにいる。

自分が今、こうして写真家を生業としているのは、あのときの助言があったからなのだろうか。

いや、そんなはずはない。それならあのとき、すぐに進路を変更しただろう。先生の言葉を無視して、その後もずいぶん画家として生きてきたではないか。

「別もんでしたか？」

ひと切れだけ食べ、じっとタマゴサンドをにらんでいる太郎に、流が背中から声を掛けた。

「いえ。たぶんこれとおなじだったと思います。おなじなので、あのときのことを……」

「急いてるわけやおへんさかい、ゆっくり召しあがっとぅくれやす。冷たいお茶のピッチャーを置いときます」

びっしり水滴の付いたピッチャーを置き、流はまた厨房に戻っていった。

二度ばかり深呼吸をして、太郎はゆっくりとふた切れ目に手を伸ばした。

トラウマという言葉が的を射ているかどうか分からないのだが、あのとき以来タマゴサンドを食べることはなかった。封印してきたとも言えるし、避けてきたとも言える。こんなに美味しいものだったのか。

ふた切れ目を食べ終えたとき、ふいに涙があふれ出た。哀しいわけでも、嬉しいわけでもない。ましてや懐かしいわけでもない。強いて言うなら悔し涙か。あのとき先生はどんな気持ちでタマゴサンドを出してくれたのか。

「すみません。お願いできますか」

居ても立っても居られなくなった太郎は、いきなり立ちあがって、大きな声を上げた。

「なんぞおましたか」

「お話を聞かせてもらっていいですか。どうやって捜しだされたのか」

「まだ食べてはる途中やけどええんですか」

「はい。一刻も早くお話を聞きたくて」

「座らせてもろてもよろしいかいな」

「もちろんです」

流はテーブルをはさんで太郎と向かい合った。

「ほな失礼して」

「正直に言うと、捜しだしてもらったものを食べても、あのときとおなじかどうか、分からないだろうと思っていました。ショックで記憶が飛んでいたのと、長い時間が経過しましたから。でも確信に近いものがあります。あのとき市山先生が出してくれたのは、このタマゴサンドに間違いありません」

　太郎がきっぱりと言い切った。

「よろしおした。わしもたぶん間違うてへんと思います。順を追うてお話ししますと、まずは推測から始めました。仙台生まれの太郎はんにも馴染みのないタマゴサンドやさかい、ご当地もんやない。となると先生のおうちだけに伝わるもんか、もしくは大学時代に名古屋で出会わはったもんかのどっちかやないか。わしは後者やないかと思うて、名古屋へ行ってみましたんや。名古屋の人に〈真ん中の観音〉はんて訊いたら、すぐにそれは大須観音のことやて教えてくれはりました。その近辺で探ってたら、喫茶店のタマゴサンドっちゅうやつに出会いました」

　タブレットを取りだした流は、喫茶店の外観写真を次々と映しだす。

「喫茶店ですか。そう言えば名古屋は喫茶店のサービス競争で有名な街でしたね」

　ディスプレイに顔を近づけ、太郎が言葉をはさんだ。

「競争が激しい分、店の盛衰もきついみたいで、店仕舞いするとこもようけあります。そのうちの一軒がこの『喫茶ピノキー』です。残念ながら今年の春に店仕舞いしてしまわはりましてな」

「このお店と市山先生に何か関係が？」

太郎が訊いた。

「この店にはようけ常連さんがやはりましてな、店仕舞いを惜しんで、お客さんやった人が近所で跡継ぎみたいな店を開かはったんですわ。それがこの『ゼペット珈琲店(コーヒーてん)』です。ここのタマゴサンドは『喫茶ピノキー』のレシピをそのまま受け継いではるんやそうで、それをわしが再現したんが、このタマゴサンドです」

「なるほど。と言いたいところですが、このタマゴサンドと市山先生のあいだに、何か接点はあったんですか？」

「実物を持ってくることはできまへんでしたが、『喫茶ピノキー』に残っとった落書帖(らくがきちょう)がありましてな、ぜんぶで百冊ほどあったんを、先生が名古屋におられたころの分だけ見せてもろたんです。平成の初めのころですわ。先生はよほど『喫茶ピノキー』がお好きやったんですな。三日にいっぺんぐらい来て書き込んではります。侑花ていう名前はそうそうあるもんやないさかい、たぶん間違いない思いますけど」

流が画面を切り替えると、太郎は食い入るように見つめた。

「——何回目のタマゴサンドだろう。指折り数えて——先生の筆跡に間違いないと思います。この顔文字も先生のトレードマークでした」

　太郎は懐かしそうに目を細め、ディスプレイをそっと撫でた。

「『喫茶ピノキー』の名物がこのタマゴサンドでしたんやな。わしも『ゼペット珈琲店』で食べましたけど、独特の味で旨かったですわ。パンを三枚使うて、マヨネーズで和えたキュウリとオムレツが混ざらんようになっとる。よう工夫してあります。パンもタマゴも特別なもんは使うてないけど、バランスがよろしいな。タマゴはふわふわで、キュウリはシャキッとしとる。誰ぞ、だいじな人に食べさせとうなる味ですな」

　意味ありげな視線を向けたが、太郎は気付くことがなかった。

「あのとき、先生の忠告に素直にしたがっていれば、よけいなまわり道をせずに済んだんですよね。そうしたら、おふくろにも少しは親孝行できたんだ。売れない絵描きを息子に持って、最期まで苦労ばかりさせてしまって。きっと墓場で嘆いているでしょう。まさに後悔先に立たずです」

　唇をかたく嚙んで、太郎は顔をゆがめた。

「それは違う思いまっせ。親にとっては子どもがやりたい仕事をやるのが一番です。売れるに越したことはおへんけど、売れてのうても、子どもが好きで打ち込んでる仕事やったら、けっして嘆いたりはせんはずです。親子だけやない。たいせつに思うとる相手やったら、みなおんなじです」

「まだまだ売れるまではいきませんが、写真を仕事にするようになって、絵を描いているときにはできなかった親孝行ができるまでにはなりましたが、時すでに遅しですね。あのとき先生の助言を聞き入れて、おふくろの言うとおりにしておけばよかった。このタマゴサンドを食べると、心の底からそう思ってしまいます」

流の言葉が届かなかったのか、太郎は目に涙をため、じっとタマゴサンドを見ている。

「お気持ちはよう分かりますけど、世のなかて、そないうまいことといかへんもんや思います。まわり道やらまよい道は誰でも通るもんですやん」

冷茶を注ぎながら、こいしが言葉をはさんだ。

「娘さんは探偵業、お父さんは料理人。きっと天職と思って仕事をしておられるんでしょ？　うらやましいですよ」

「うちは探偵やけど、聞き役だけで、ほんまに捜すのは元刑事やったお父ちゃん。天職なんてほど遠いです」

「こいし、よけいなこと言わんでええ」

流が険しい顔でこいしをにらみつけた。

「鴨川さんが元刑事？　本当の話ですか」

「うそついてもしょうがないでしょ。正真正銘、京都府警の刑事してはったんですよ」

「信じられません。元刑事さんが、あんなすごい料理を作られるなんて」

太郎は繰りかえし首をかしげた。

「亡(の)うなった家内のオヤジさんから、おまえは刑事より料理人に向いとる、てなんべんも言われましたんやが、向いとるかどうか分からんけど、わしにはこの仕事しかない、と思うて刑事を続けました。もちろんそれが天職やなんて思うたことは、いっぺんもありまへんなんだ」

「じゃあ料理人になられたのは最近のことなんですか？」

太郎が驚いた顔で訊いた。

「お母ちゃんが生きてはるあいだは、ずっと刑事してはったんです。がんこなお父ちゃんでしょ」

こいしが苦笑いした。

「そうだったんですか。もっと早く料理人になってらしたら、今ごろは超有名人になっておられたかもしれませんね」

「それはどうや分かりまへんで。まわり道したさかい今があると思うてます。知らんてる間に刑事をやめて料理の仕事をしとる。掬子もあっちで呆(あき)れとりますやろ」

流が天井を指さした。

「奥さまは鴨川さんが料理人になられたことをご存じないまま亡くなられたんですね」

太郎が目を伏せると、流が厨房に戻っていった。

「――お父ちゃんの好きなようにさせたげたらええやん――お母ちゃんはいっつもそう言うてはりました」

「そういうものですかね」

太郎は長いため息をついた。

「こっちも食べてみてください」

流がもうひと皿、おなじタマゴサンドを太郎の前に置いた。

「おなじものですよね」

太郎は、いぶかしげにタマゴサンドを見ている。

「まぁ、食べてみてください」

うながされて、太郎は仕方なしにといったふうにタマゴサンドを口に入れ、すぐにむせ返った。

「作り立ては辛子がよう効いてますやろ」

「辛子を入れ過ぎですよ」

目を赤くして、太郎は冷茶を飲みほした。

「辛子の量はどっちも一緒でっせ。時間を置いたら、辛子の辛さが丸うなるんですわ」

「こんなに違うものなんですか」

「〈親の意見と冷や酒は後に効く〉。子どものころからお母ちゃんによう聞かされましたけど、この歳になって、やっとその意味が分かるようになりました」

こいしがそう言うと、太郎は口をつぐんだまま、思いを巡らせているようだ。

「そうそう。市山侑花はんでっけどな」

流が立ちあがると、太郎は目の色を変えた。

「先生にお会いになったんですか？」

「会うたわけやおへんけど、京都の幼稚園で絵を教えてはるみたいでっせ」

「京都で？」

太郎が大きな声を上げた。

「こんな記事が載ってましてな」

流が新聞を広げると、太郎がすぐにおおいかぶさった。

「――鴨川堤でスケッチ画の指導をする市山侑花さん。東山区の三条幼稚園では――」

太郎は記事を読みながら、顔をほころばせている。

「先生の引力で太郎さんは京都に来はったんと違います？」

こいしが横から覗きこんだ。

「二十年以上経つのに、先生はちっとも変わってないなぁ。侑花先生は市山のままなんだ」

手に取った新聞に目を近づけ、太郎は頰を紅く染めた。

「三条大橋のねきに古いお寺がありましてな、そこの幼稚園や思います。ええとこにお勤めですな」

「ありがとうございます。まさか先生が京都にお住まいとは」

「どんな事情があって京都にお越しになったんかは知りまへんけど、美術に興味のある人が、京都に移り住まはる話はよう聞きます。よかったらその新聞は持って帰ってください。タマゴサンドのレシピも書いときましたさかい一緒に」

流はファイルケースの入った紙袋を太郎に手わたした。

「なにからなにまで感謝いたします。そうだ。探偵料とこの前の食事代を」

太郎がキャリーバッグを足もとに引き寄せた。

「特に代金は決めてませんので、お気持ちに合うた金額をこの口座に振り込んでください」

こいしがメモ用紙を差しだした。

「承知しました」

受け取って、太郎はメモ用紙をポケットにねじこんだ。

店を出た太郎は、キャリーバッグを引き、足取りも軽やかに正面通を西に向かって歩いてゆく。

その背中を見送ったふたりは店に戻って、厨房に入りこんだ。

「けど、ようあんな記事見つけたなぁ。なんべんも新聞見てたけど、ぜんぜん気が付かなんだ」

「侑花さんが、見つけて！　て言うてはったんやと思う。なんや声が聞こえた気がしたもん。京都の美大に入りたがってはったて聞いてたさかい、ひょっとしたら、と思わんこともなかったんやけど」

こいしが、余分に作りおいたタマゴサンドのラップをはずすと、流がすぐに手を伸ばした。

「たしかにようできたタマゴサンドや。キュウリとオムレツのあいだに、もう一枚パンをはさむてな小技を、よう考えたもんやけど、時間を置き過ぎたさかい、辛子をもうちょっと足さんと物足りんわ」

手に持ったタマゴサンドを、流はまじまじと見つめている。

「九十九回目に食べはったときの、侑花さんの落書は、わざと見せへんかったん？」

タマゴサンドを頰張って、こいしが訊いた。

「ヘンな解釈して、おかしな期待を持たはったら困るやろ」

「そうやな。——百回目にこれを食べるときは、たいせつな人と将来のことを話しながら、がいいな——て、意味深やもんな。けど、そのときは先生と生徒やったけど、今になってみたら十一歳しか違わへんのや。うん。充分あり得るな」

こいしが大きくうなずいた。

「なにがあり得るのか知らんけど、誤解せんようにせんと」

「誤解やろか。ひょっとしたら……」

口を動かしながら、こいしが目を輝かせた。

「人と人の縁てなもんは神のみぞ知る、っちゅうやつや。なぁ掬子」

流が仏壇に目を遣ると、掬子の写真が笑顔に変わった。

第六話　豆腐飯

1

マスクを着けなおした篠山(しのやま)みどりは、関西国際空港のターミナルビルを出て、左右を交互に見まわした。

左手の奥で秘書の臼井宏(うすいひろし)が手を掲げているのを見つけ、キャリーバッグを転がしながら急ぎ足で向かった。

ハイヤー乗場で待ちかまえていた臼井は、みどりが引いて来たキャリーバッグを受けとり、素早くアルファードのトランクに載せた。

「住所はちゃんと伝えてありますのでご安心ください。ご用がお済みになりましたら、いつものホテルまでご案内いたします。わたくしはホテルで待機しておりますので」

グレーのスーツを着た臼井が後部座席のドアを開けた。

「ありがとう」

ひと言だけ言い残して、白いパンツスーツ姿のみどりはハイヤーに乗りこんだ。

「行ってらっしゃいませ」

臼井がドアを閉めた。

「湾岸線を通るルートのことは?」

ウィンドウを開け、サングラスを掛けたままみどりが訊いた。

「伝えてあります」

臼井が答えると、ドライバーがうなずいた。

「ももこの食事は?」

「妹さんのところには懐石弁当をお届けするよう手配してあります」

「ありがとう。お昼は向こうで出たら食べてもいいんでしょ。それも後払いでいい?」

「はい。ご心配なく」

臼井がにっこりと微笑(ほほえ)んだ。

「食事中のシャンパーニュのことは？」

「お伝えしてあります」

「ありがとう」

みどりがウィンドウを閉めた。

「出発してよろしいでしょうか」

しばらく間を置いて、ドライバーが後ろを振り向いた。

「お願いします」

みどりが答えると、車は音もなく動きはじめ、深々と頭を下げ続ける臼井の姿が小さくなった。

東京から京都へ向かうなら、大阪国際（伊丹）空港のほうが近いのだが、みどりが関空便を選んだのは、生まれ育った堺の街を横目に通り過ぎるためである。とうに実家は跡形もなく消えていても、堺を通るだけで、懐かしさがよみがえってくる。

その空気を感じたいため、遠回りになることは承知の上で、阪神高速湾岸線を北へ進む車のウィンドウも、一センチほど開けている。

海沿いを北上する黒塗りのアルファードから、飽かず海を眺めつづけるみどりは、半世紀以上も前のできごとを思いだしている。

春まだ浅い朝の海はおだやかで、陽光を受けて青く輝いている。

泉佐野（いずみさの）、岸和田、泉大津（いずみおおつ）、浜寺（はまでら）と懐かしい名前が続く。みどりは背中を起こし、ウィンドウに顔を寄せた。

大浜が近づくと、みどりはウィンドウを全開にして、手のひらを外に向けた。

防音フェンスにさえぎられて見えないところも多いが、おおまかな場所は分かる。実家はこっちの方向だった。そのすぐ傍（そば）に学校があった。いい思い出などまるでなくても、やっぱり故郷は懐かしいものだ、最近になってそう思うようになった。

堺さえ通れば湾岸線に用はない。アルファードは最短ルートを選びながら、一路京都へと向かう。

昨夜も遅くまでリモート会議を続けていたみどりは窓を閉め、すぐに寝息を立てはじめた。

みどりのなかでは、ほんの十分ほどのうたた寝だったが、実際には一時間以上も眠りこけていたようで、薄目を開けると京都タワーが目に入った。

「もう間もなくでございます」

黒いマスクを着けたドライバーが、カーナビを操作した。

「ありがとう」

みどりは慌てて赤いケリーバッグを開き、コンパクトを取りだして開いた。

サングラスを外すと、黒いクマがくっきりと目のふちを染めている。

ふだんは店のなかでも外さないサングラスだが、頼みごとをする今日はそうもいくまい。

アパレル業界では女帝と呼ばれている篠山みどりも、素顔を見ればただの老婆だと思われるだろうが仕方ない。

「おそらくここだと思います。うしろのバッグは載せたままで大丈夫でしょうか」

車を停めて、ドライバーがルームミラー越しに訊いた。

「そのままにしておいてください」

「承知しました。わたしは近くのパーキングで待機しておりますから、ご用が済まれましたらこちらに電話をください。すぐに戻ってまいります」

前を向いたままのドライバーが、左手で名刺を差しだした。

「ありがとう」

受け取ってみどりは、素早くバッグにしまった。

「おつかれさまでございました」

外からドアを開けて、ドライバーが一礼した。

「本当にここでいいのかしら」

ハイヤーを降り、みどりが左右に首をかしげた。

「確認してまいります。少々お待ちくださいませ」

ドライバーは急いでしもたやの引き戸を引き、なかを覗(のぞ)きこんでいる。

おおかたのことは臼井から聞いていて、そのとおりの外観だから、おそらく間違ってはいないだろうが、なにごとにも万全を期す性格はいくつになっても変わらない。

「ようこそぅ。『鴨川探偵事務所』の所長をしてます鴨川こいしです。どうぞお入りください」

白いシャツに黒のパンツ、黒いソムリエエプロンを着けたこいしが迎えに出てきた。

「ありがとう。篠山みどりです。よろしくお願いしますね」

みどりはゆっくりとした足取りで、店の敷居をまたごうとして、ドライバーを振り向いた。

「じゃあよろしく」

「行ってらっしゃいませ」

帽子を取って、ドライバーが頭を下げた。

「関空からやったら遠かったでしょう」

こいしがみどりを招き入れた。

「ずっと眠っていたから、あっという間でしたよ」

みどりがパイプ椅子にバッグを置いた。

「ようこそ、おこしやす。食堂の主人をしとります鴨川流です。茜から聞いとったんでお待ちしとりました」

和帽子を取って、流がみどりに笑顔を向けた。

「篠山みどりです。どうぞよろしくお願いいたします」

みどりが一礼した。

「お腹(なか)の具合はどないです？　おまかせでよかったらお昼をお出ししまっけど」

「それも愉(たの)しみにしてまいりましたの。大道寺さんからお噂(うわさ)はかねがね」

みどりはサングラスを外してテーブルに置いた。

「茜がたいそうに言うとるんやと思います。あんまり期待せんといとぅくれやっしゃ」

流が和帽子をかぶり直してはにかんだ。

「シャンパンがお好きやてお聞きしましたさかい、よう冷やしてあります。お持ちしてよろしい？」

　こいしが訊いた。

「すみませんねぇ、わがままなもので。お酒はシャンパーニュしか飲めなくなってしまって」

「さすが世界で活躍してはるデザイナーさんや。うちらはたいてい安いスパークリングワインですわ」

「ほな用意してきまっさかい、シャンパン飲んで待っとってください」

　流が厨房（ちゅうぼう）との境に掛かる暖簾（のれん）をくぐると、こいしがそれに続いた。

　がらんとした店のなかには、四人掛けのテーブルがひとつだけ置かれ、食堂と呼ぶには寒々しい光景だが、これもコロナのせいだろうか。

「お口に合（お）うたらええんですけど」

　遠慮がちな言葉とともに、こいしがシャンパーニュのボトルをみどりに見せた。

「クリュッグのグランキュヴェなら申し分ありません」

　みどりはこくりとうなずいた。

「こんなグラスしかのうて申しわけありません」

こいしがフルートグラスをテーブルに置いた。

「ありがとう。抜栓しましょうか」

「おまかせしてよろしい？　失敗したらえらいこっちゃさかい助かります」

ナフキンを添えて、こいしがボトルをみどりに手わたした。

「毎日のように自分で開けてますからお気遣いなく。たまに失敗しますけどね」

みどりは慣れた手付きで、音もなくコルク栓を抜いた。

「さすがですねぇ。おまかせしてよかった」

こいしが氷水の入った木桶をテーブルに置いた。

「しゃれたワインクーラーね」

みどりはボトルを木桶に入れた。

「へたに注がんほうがええですよね。おまかせしときますんで、ゆっくり飲んでてください。もうすぐお料理もできる思いますし」

こいしが厨房に目を遣った。

「ちっとも急ぎませんことよ。なにも食べずに一本空けてしまうこともよくありますから」

みどりがグラスにシャンパーニュを注ぐと、細かな泡が立ちのぼった。

黄金色の泡を付けたグラスを通して食堂のなかをよく見れば、あの日の店が重なる。なんの飾り気もないのはおなじだが、ひと気がないところはまったく異なる。下卑た声が行き交うこともなく、立ち上る泡の音が微かに耳まで届く。

あの店は今もあるのだろうか。漂ってきた出汁の香りが郷愁を誘う。

「お待たせしました。まだちょっと気が早いんでっけど、花見弁当に仕立ててみました」

流が朱漆の二段重をテーブルに置いた。

「みごとな重箱ですね。螺鈿細工かしら」

みどりが目を輝かせた。

「貝殻をじょうずに使うたもんですな。これは義父が釣りに行くときに弁当にしとりました。贅沢な話ですわ」

流がふたを外し、ふたつの重を横に並べた。

「中身も容れものに負けてませんね」

みどりはふたつの重を見まわしている。

「シャンパンがお好きやて聞いてましたさかい、洋風のもんを多めにしときました」

「お気遣いいただき、ありがとうございます」

みどりが小さく頭を下げた。

「簡単に料理の説明をさせてもらいます。左の段の左上からいきます。サヨリの昆布〆にピンクペッパーを混ぜて、岩塩を振っとります。その右隣は牛タンのロースト。バルサミコとワサビを混ぜたソースで召しあがってください。右端は山菜のフリットです。パルメザンチーズを多めに振ってもろたら美味しおす。その下はフォアグラの奈良漬け巻きです。そのまま食べてください。その左のココットに入っとるのが、サザエのエスカルゴふうです。小さいフォークでどうぞ。下の左端はプチトマトのグラタンです。よかったらタバスコを掛けてみてください。ピリッとして美味しい思います。次は右の段、こっちは和食です。左上の小鉢は若竹煮です。砕いた実山椒を振って食べてください。その右隣は中トロの小さい握り鮨です。苦手やなかったらワサビをたっぷり載せてください。上の右端は稚鮎の塩焼ですけど、蓼酢にさっと浸してまっさかい、そのまま召しあがってください。下の竹串に刺してあるのは、蒸しエビ、煮アワビ、タコの桜煮、花見団子に見立ててます。左下の小皿はタイの塩焼。木の芽味噌を塗ってありますんで、そのままどうぞ。今日の〆は蛤の飯蒸しを用意しとります。いつでも言うとぉくれやす」

説明を終えて、流がみどりに顔を向けた。

「たしかにお花見気分になれますね。咲いていれば『醍醐寺』へ持って行って食べたいところです」

みどりは流に笑顔を向けた。

「どうぞゆっくりやってください。シャンパンはもう一本冷やしとりますんで」

「さすがにお昼から二本はいけませんわね」

みどりの言葉に笑顔で応えた流が厨房に戻っていった。

ある程度は予想していたが、それを軽く超えてきた。仕事柄ご馳走は食べなれているが、いわゆる高級レストランや料亭などとは、はっきり一線を画す料理だ。高級食材と言えるのはフォアグラぐらいで、キャビアもトリュフもなければ、凝った調理法を謳うこともない。ありきたりに見えなくもないが、本物だけが持つ迫力が重箱に充満している。

なにから箸を付けようか迷ったあげく、みどりが指を伸ばしたのは、花見団子に見立てた竹串だった。

三つを箸で串からはずすべきかどうか。一瞬迷ったみどりは、そのまま口に入れた。

タコの桜煮は嚙むまでもなく、ほろほろと口のなかで崩れた。芯まで甘辛味が染みているが、濃すぎることはなく、淡い後口だ。

タコの次はアワビ。おなじような食感が続くと思いきや、蒸したアワビは適度な弾力を保ち、噛むほどにジューシーな旨(うま)みが口いっぱいに広がる。わずかに残るエキゾチックな香りはなんだろう。

一転してエビは濃厚なミソの味わいをまとい、クリュッグもたじろぐほどだ。

十品を超える料理だが、このひと串を食べただけで、ただの料理人ではないことが窺(うかが)いしれる。

それは料理人に限ったことではなく、一事が万事だとか、一を聞いて十を知る、などの言葉を著書や講演で多用するみどりは、世のなかの創作というものは、すべてがそうだと思っている。

一見すると天ぷらに見えるが、山菜のフリットは間違いなく洋食だ。コロモにビールでも混ざっているのか。山菜のほろ苦さを強調しているようだ。シャンパーニュとの相性も抜群で、ほんのりあたたかいのも嬉(うれ)しい。

気になっていたのはフォアグラの奈良漬け巻きだ。たしか京都のフレンチのスペシャリテだと聞いたことがあるのだが、まだ食べたことはない。頭で考えるとあまりいい相性ではないが。いくらか懐疑的になりながら、口に入れてみると、なるほど、この取り合わせは悪くない。ねっとりしたフォアグラと、歯触りのいい奈良漬けの食感もおもしろいし、なにより混ざり合う香りが新鮮だ。

本家のそれを食べずに言うのもなんだが、食材の取り合わせは、料理人の腕というよりセンスがモノを言う。フォアグラと奈良漬けの分量を、バランスよくしないと台無しになるだろう。

それにしても不思議だ。これほどの料理なら格付け本に掲載されて星が付いてもおかしくない。それだけでなく、食通のアンテナに必ず引っ掛かるはずだ。メディアにいっさい登場しないのは、店側が拒んでいるからだろうか。

タイの塩焼、中トロの握り鮨、そして若竹煮。きわめてオーソドックスな和食を立て続けに食べて、その凄みに心の震えを感じた。こんなことはいつ以来だろうか。食だけでなく、自分が身を置くファッションの世界でも、美術、芸能、舞台、映画など、ありとあらゆるジャンルに触れてきたが、近ごろは多少心が動く程度で、震えるまでには至らなかった。

そのことと、年々創作意欲が衰えていくことは無関係ではなかったように思う。創作というものは、刺激を受けてはじめて生まれるものだと思っている。

食を捜す探偵と兼業、食堂と名が付く店。みどりは、先入観で懐疑的になっていた自分を恥じた。

「どないです。お口に合うてますかいな」

冷水の入ったピッチャーを持って、流がみどりの傍に立った。

「料理から刺激を受けたのって、何年ぶりかしら」

「それは誉め言葉やと思うてええんでっかいな」

「もちろんですとも。うしろ向きになっていた気持ちが、少しは前を向けそうになりました」

みどりが背筋を伸ばした。

「よろしおした。お茶も置いときまっさかい、ゆっくりやっとぉくれやす」

流は万古焼の急須と織部焼の湯呑をテーブルの端に置いた。

「器もどれも素敵ですね。いいご趣味をなさってますこと」

みどりが湯呑を手にした。

「世界的なデザイナーはんにそない言うてもらうと嬉しおす。大したもんはおへんけど、どれも好きで集めたもんです」

「どんなものでも、好きになるのが一番です」

湯呑を置いたみどりは、シャンパーニュをグラスに注いだ。

「どうぞごゆっくり」

銀盆を小脇に抱えて、流が厨房に戻っていった。

こんもりと丸みを帯びた急須をそっと撫でてみる。ざらりとした手触りながら、指先から伝わってくる感触は妙に艶っぽい。ぬくもりを持つ急須に入っているのは番茶らしく、わずかに焚火のあとのような香りが漂ってくる。

まだ半分近くシャンパーニュが残っているのを承知で、これを持ってきたのなら、それはきっとこの香りと、器の手触りを愉しみなさいということなのだろう。

それは長いあいだ自分が心がけてきたこととおなじだ。ともすればファッションというものは、ビジュアルデザインに目が行きがちなのだが、一番たいせつなのは感触なのだ。手触り、肌触りだけではない。衣服が擦れる音やかすかな香り。それらすべてを含めてのデザインだということを、ずっと自分に言い聞かせてきた。

それが間違っていなかったと、この料理が教えてくれているような気がする。

胸を熱くしたみどりは、目尻をそっと小指で拭った。

あらかた料理を食べつくし、わずかにシャンパーニュが残っているのをたしかめて、みどりは厨房に向かって声を掛けた。

「お願いできますか」

間髪をいれず、流が姿を見せた。

「シャンパンですか？　それとも〆のほうでっか」

「ご飯をお願いします」

みどりが笑みを向けた。

「承知しました。ぼちぼち蒸しあがります。ちょっとだけ待っとぉくれやすな」

流は素早く厨房に戻った。

みどりは食を捜しに来たことを、少しばかり後悔し始めている。

この料理を食べるだけで、ほとんどその目的は果たしたようなものだ。食を捜し、見つけることで答えを求めようとしたが、もう答えは出たも同然だ。

さりとて今さら断るわけにはいかない。きっとこいしが待ちわびているだろうから。

「お待たせしましたな。蒸し立ての熱々でっさかい、火傷せんように気ぃ付けてくださいや」

小さな盆に載せた古伊万里の蒸し茶碗を、流がテーブルに置いた。

「これもまた素敵な器ですね。繊細な唐草模様の古伊万里は大好きなんです。いっときパリに住んでいて、日本から運んだ古伊万里コレクションで、しょっちゅうホームパーティーを開いていました。フレンチを盛ってもよく合うので、あちらのひとにも人気でした」

みどりは蒸し茶碗をしげしげと見ている。

「存じとります。筋のええ古伊万里をようけ集めはりましたなぁ。テレビで拝見しましたけど、あの盛付もご自分でなさったそうですやないか。やっぱりなんでもセンスがモノ言うんやと感心しましたわ」

「恐れ入ります。怖いもの知らずで好き勝手していましたので、プロのかたにそう言われると身が縮みます」

「最近のプロの料理人はんは、あんまり器に興味がないみたいで、けったいな器遣いをしてはることがようあります。料理のテクニックばっかりに気が行ってしもうて、ほんまにだいじなことを忘れとるんですやろな。それに比べると、篠山はんの料理は見とって惚れ惚れしましたな」

「まぁまぁ、どうしましょ。穴があったら入りたいって、ありきたりの言葉しか浮かびませんけど、ありがたくここにしまっておきます」

みどりが両手のひらを胸に当てた。

「お手を止めてしもうてすんまへんでした。火傷せん程度に冷めた思います。どうぞゆっくり召しあがってください」

一礼して流が厨房に戻っていった。

蒸しあげてから蓋をしたのだろう。蓋は熱くないが、外すと勢いよく湯気が上がる。てっきり蛤が上に載っているものと思っていたが、意外にも真っ白な飯蒸ししか目に入ってこない。訝しみながら箸を入れると、その下にはびっしりと蛤が敷き詰めてあった。

ねっとりとした白い蒸しご飯と、しぐれ煮にされた蛤を一緒にして箸に載せる。

火傷しないよう、何度も息を吹きかけてから、そっと口に運ぶ。

東京で食べる佃煮とはまるで違って、あっさりと煮含めてあるので、噛むと蛤のエキスが口いっぱいに広がる。色が淡いので薄味に見えるが、しっかりと出汁も利いていて、濃密な醤油味も付いている。

こういうのを京都のひとは、ほっこりと表現するのだろう。言い得て妙だ。ご馳走なのに、どこか力が抜けているというか、隙がある。食べ疲れしないのだ。

またしても自分の仕事と比べてしまう。

四季のコレクションとなると、ついつい力んでしまう。大向こうをうならせてやろうとすると、決まって凡庸なデザインになってしまう。これをあのひとに着せてあげたい。そういう絵が浮かべばいいものができる。

しみじみと美味しい蛤の飯蒸しは、心の奥深くに沁み込んでいき、やっぱりあの食を見つけなければ、と思いなおすに至った。

半分ほど食べたところで、ふと気になったのは、汁物が付かないことだった。もちろんお茶でもいいのだが、この飯蒸しなら吸い物の一椀ぐらい付いてもいいだろうに。そう言えばおしんこも付いていない。

「ちょっと味を変えまひょか」

厨房から出てきた流が手にしているのは、朱塗りの片口だ。

「なにか？」

みどりが流に顔を向けた。

「よかったらこのツユを掛けて、出汁茶漬けにしてみてください。ショウガの刻んだんとぶぶあられを載せてもろたら、また風味が変わって愉しおす」

流は片口の横に薬味の入った小鉢を添えた。

「こういう趣向でしたか」

みどりがほほを緩めた。

「鰻のひつまぶしの真似ですわ」

流が照れ笑いを残して厨房に戻っていった。

流の言葉どおり、残りの飯蒸しにショウガとぶぶあられを載せ、吸い物よりもわずかに濃いめの出汁ツユを掛けると、なんとも言えず芳しい香りが漂ってきた。

茶碗を手に取り、軽く混ぜて箸で口に流しこむと、軽やかな味に変わった。

茶漬けのようでもあるが、出汁が利いているせいか、うどんを食べているような錯覚に陥る。ご飯に出汁ツユを掛けるなど、思ってもみなかったが、家でも試してみたくなるほど新鮮な味わいだ。

吸い物を付けなかったのは、こういう仕掛けがあったからなのだろう。食べる側の気持ちにならないと、こんな料理は思い付かない。またひとつ教わった。

飯蒸しの出汁茶漬けをさらえ、料理もすべて食べ終えたが、胃が重くなるようなこともなく、シャンパーニュを飲み切ると、むしろお腹が軽くなったようにさえ感じる。

みどりはハンカチで口元を拭い、茶をすすってから立ちあがった。

「お願いします」

「お済みでっか。ゆっくりしてもろたらええんでっせ」

流があわてた様子で厨房から出てきた。

「お嬢さまを長くお待たせしているでしょ。申しわけないことで」

「えらい気ぃ遣うてもろてすんませんな。奥のほうへご案内しますわ」

流が厨房との境に掛かる暖簾をあげた。

細長い廊下を流がゆっくりと歩き、みどりがそのあとを追った。

廊下の両側にはびっしりと写真が貼られ、みどりは時折立ちどまって目を留めている。

「これらのお料理はぜんぶ鴨川さんがお作りになったものですか」

「ほとんどそうですな。なかには料理と関係ない写真も貼ってますけどな」

足を止めて流が振り向いた。

「ずいぶんと幅広いんですね。これはラーメンですか？」

「むかしながらの中華そばですわ。具はかまぼことモヤシだけで、鶏ガラでスープ取った醬油味。なんの変哲もない中華そばが食べたいて言いよった掬子に作ってやったんです。亡くなるひと月ほど前やったかなぁ。突然そんなこと言いだしよって。なんでも結婚前に屋台で一緒に食べたんやそうで、わしはほとんど忘れとったんですけどな、掬子には懐かしい思い出でしたんやろな」

流はじっとその写真を見つめている。

「そうでしたか。奥さまは亡くなられたのですか。まだお若かったでしょうに」

「こんな質素な中華そばを旨そうに食うてましたわ」

かすかに微笑んで、流は前を向いて歩きだした。

「こちらがその掬子さんですか。お嬢さまがよく似てらっしゃる」

みどりが写真に顔を近づけたが、流は立ち止まることも、振り向くこともなかった。

「あとはこいしにまかせますんで」

流が突き当たりのドアをノックした。

「どうぞお入りください」

すぐにドアが開き、こいしが笑顔で迎えた。

「失礼します」

みどりはゆっくりと部屋に入った。

「どうぞお掛けください。お父ちゃんの料理はどうでした？」

ソファを奨めてこいしが訊いた。

「話には聞いておりましたが、想像をはるかに超えました。お父さまの料理を毎日食べられるって、本当にあなたしあわせね」

みどりはロングソファの真ん中に腰をおろした。

「毎日あんなご馳走ばっかりと違うんですよ。ふだんはお鍋やとか手抜き料理ばっかりですわ」

ローテーブルをあいだにはさんで、こいしが向かい合って座った。

「それもきっと美味しいのでしょうね」

「まずいことはありませんけど。コーヒーかお茶かどっちがよろしい？」

「コーヒーをいただこうかしら」

「分かりました。コーヒーを淹れるあいだに、これ書いといてもらえます？」

こいしがローテーブルにバインダーを置いて立ちあがった。

みどりはバインダーをひざの上に載せ、スラスラとペンを走らせて、ふとその手を止めた。

「書き辛いとこがあったら飛ばしてもろてええですよ」

「書き辛いことはないんだけど、家族ってどこまで書けばいいのかしら」

「一緒に住んではるひとだけでけっこうです」

「だったら、なし、ね」

書き終えて、みどりがバインダーをもとの位置に戻した。

「妹さんとは一緒に住んではらへんのですか」

こいしがふたつのコーヒーをローテーブルに置いた。

「ももこは三か月前に施設へ入りました」

みどりが顔を曇らせた。

「そうやったんですか。ずっと二人三脚で仕事して来てはったからお寂しいでしょう」

バインダーを横目にして、こいしがコーヒーカップを手に取った。

「ももこは末期のガンなんですが、わたしに迷惑を掛けたくないと言って、緩和ケアのできる施設を自分で捜してきて」

みどりがコーヒーに口をつけた。

「お気の毒に。おいくつ違いです？」

「三つ下です。正確に言うと二年と十か月違い。わたしが新緑の五月に生まれたからみどりで、妹は桃の花が咲く三月に生まれたからももこ。名前の付け方からして投げやりな親でしょ」

コーヒーカップをソーサーに置いて、みどりは唇をゆがめて笑った。

「シンプルでよろしいやん。けど、みどりさんて古希を迎えてはるんですね。ぜんぜんそんなふうに見えません。還暦ぐらいやと思うてました。早速本題に入らせてもらいます。篠山みどりさんは、どんな食を捜してはるんです？」

ノートを開いて、こいしがペンをかまえた。

「なんていう名前の料理かは分からないのですけど、白いご飯の上にお豆腐の炊いたのがお汁ごと載った食べものです」

「白ご飯の上にお豆腐の炊いたんが汁ごと載ってる。こんな感じですか？」

　こいしはノートに描いたイラストを見せた。

「だいたいこんな感じだけど、お豆腐がもっと大きくて、ご飯が見えなかったと思います」

　ペンを借りてみどりが上書きした。

「豆腐掛けご飯て言うんやろか。うちは食べたことないですわ。どっかのお店の料理ですか？」

　こいしはイラストを描きなおしている。

「もう今はなくなってしまいましたが、子どものころに住んでいた堺の『をかべ』という居酒屋さんで食べたものです」

「そうそう。堺のお生まれでしたね。だいぶ前にテレビで拝見しましたわ」

「五年ほど前になりますかしら。テレビには出たくなかったのですが、知り合いのプロデューサーに頼まれて仕方なく。生まれ育った堺では、父親が周囲に迷惑ばかり掛けていましたから、放映後はずいぶんと誹謗（ひぼう）中傷を受けました。ももこには可哀（かわい）そうなことをしました」

　みどりは長いため息をついた。

「たしかにテレビで、おもしろおかしゅうに作ってはるさかい、いろんな反響がありますやろね。サクセスストーリーの裏側を見せるて難しいですね」

「あの番組に出たときには『をかべ』のことなんかすっかり忘れていたのに、まさか今になって捜してもらうことになろうとは、まったく思っていませんでした」

「日本を代表するトップデザイナーさんと、居酒屋さんの豆腐掛けご飯なんて、ぜったい結びつきませんもんね」

「思いだしたくもないのですが」

　みどりが顔をしかめた。

「思いだしとうないもんを捜してはる。深いわけがありそうですね。詳しいに聞かせてくださいますか」

　こいしがノートのページを繰った。

「正確に言いますとね、捜しているのはわたしじゃなくて、妹のもこなんです」

　コーヒーカップを取って、みどりがまた長いため息をついた。

「妹さんが、ですか」

こいしはノートに桃の花を描いている。

「わたしが小学校の六年生でしたから、ももこは四年生。あのとき食べたものを覚えているのは意外でした」

「一緒に食べはったんですか？」

こいしが訊くと、みどりはこっくりとうなずいたあと、かたく口を閉じてしまった。

「みどりさんが小学校六年生のころやったら、十二歳として、六十年近ぅ前の話ですね。妹さんは九歳か。九歳のときに食べたもんで覚えてる料理て、何かあったかなぁ」

こいしはノートに数字を書き連ね、みどりの口が開くのを待っている。

みどりは時折指を組み替え、指先でリズムを取ったりしながら、宙を見ている。

「コーヒーお代わりしましょか」

空になったカップをこいしが覗きこんだ。

「冷たいお水をいただけるかしら」

「料理の味が濃かったですか？」

立ちあがってこいしが冷蔵庫を開けた。

「そんなことありませんでしたよ。いろいろ思いだすと喉が渇いてしまって」

「それやったらええんですけど。お父ちゃんは濃い味が好きやさかい、女のひとにはちょっとキツイんと違うかなぁて思うてるんです」

こいしはグラスに入った冷水をみどりの前に置いた。

「ありがとう。お味は濃すぎることはなかったですよ」

みどりは半分ほどの冷水を一気に飲んで、浅く座りなおした。

「覚えてはることだけでええので、その豆腐掛けご飯のことを教えてもらえますか」

こいしはひと膝前に出して、ペンをかまえた。

「あの番組でも少し触れましたけど、父は放蕩三昧で、愛想をつかした母が出ていってしまい、わたしとももこは寂しい暮らしをしておりました。あの頃の言葉で言う、飲む打つ買うを繰り返す父親でしたから、極貧と言う言葉がぴったりの暮らしでした。それでも父は祖父の遺産を食いつぶすだけで、まともに働こうとせず、お金がなくなるとひとからお金を借りては毎日遊んでばかりいました」

また冷水を飲んで、みどりはひと息ついた。

「テレビではそこまで分かりませんでしたけど、なんとなく苦労してはったんやろなぁとは思うてました」

「父は給食費もまともに払っていなかったようでしたが、先生のご配慮で給食だけは食べさせてもらっていました。ほぼ毎日わたしたち姉妹の食事は学校給食だけでした」

　みどりが声を落とした。

「一日一食ですか？　育ち盛りやのに辛かったですやろね」

「お腹が減って眠れない日もあってね、そんなときはいやというほどお水を飲んで寝ました。そうすると夜中にお手洗いに行きたくなって目が覚めてしまって、またお水を飲んで、を繰り返していました」

「なんや戦争中の話みたいですね」

　こいしは防空頭巾をかぶった少女のイラストをノートに描いている。

「わたしたち姉妹にとっては、毎日が戦争みたいなものでしたね。冬になると寒さが加わって、余計にひもじくなるんです。冬休みになっても苦しいことばかりで、なにひとつ愉しいことなどありませんでした。クリスマスだからと言ってもプレゼントがどうとかケーキがどうとか、なんて欠片（かけら）もうちにはありませんでした。それでも父親は相変わらず遊びほうけていて、クリスマスイブの夜も飲みに出かけました。さすがに少しは気が引けたのでしょうね。『をかべ』に行けばご飯を食べさせてくれると言い残して出ていったんです」

「その『をかべ』ていうお店はよう知ってはるんですか？」

こいしが訊いた。

「母が居たときには、たまに家族四人で食事に行っていましたし、女将さんは同級生の母親だったので、ときどきお昼間に遊びに行ったりもしていました」

「そこで豆腐掛けご飯を食べはったんですね」

こいしはイラストを描きなおしている。

「飛び切りのご馳走が食べられるとは思っていませんでしたけど、少しぐらいはまともな食事ができるのだろうと、ももことふたり勇んで出かけて行ったのですが」

みどりは顔を曇らせ、こぶしを握りしめた。

「居酒屋さんやったら、焼鳥とかおでんとか？」

こいしがイラストを描きたした。

「ほかのお客さんはみんな美味しそうにそういう料理を食べていましたね。サンタクロースの赤い帽子をかぶったおじさんや、靴下の形をしたお菓子の箱を持ったおばさんだとか。十二、三席のお店はほとんど満席でした。わたしたちふたりが、ビールケースに座布団を敷いた席に座って待っていると、女将さんが丼鉢をふたつ持ってきて、そこに盛られていたのが、豆腐が上に載ったご飯だったんです」

みどりがまた長いため息をついた。

「いきなりご飯ですか。よっぽどお腹空かせてるやろて思うてはったんでしょうね」

「女将さんは、こんなんしか出せへんでゴメンな、て言ってくれましたけど、ご主人は怖い顔でわたしたちをにらみつけていました。あとで分かったのですが、父はずっとツケをためていて、ほとんど出入り禁止状態だったようです。ほかのお客さんもそれを知っているのか、憐れむような視線をわたしたちに向けているのが、子ども心にも分かりました。その頃ももこは斜視だったのですが、それをからかうお客さんも居て、わたしは味わうどころではなかったのだけど、ももこは幸いそんな空気を感じなかったのか、夢中で食べていました」

「お姉さんは辛かったですやろね」

こいしがぽつりと言った。

「そのころからわたしは、いっぱしの母親気取りでしたから、自分のことより、ももこが哀れでなりませんでした。みんながご馳走を食べているなかで、豆腐掛けご飯しか食べられないももこを見ると、悔しいやら情けないやら。そのときわたしは誓ったんです。ももこには一生こんな惨めな思いをさせないよう、お金持ちになってやる、って」

みどりは目を潤ませた。

「そんなことがあったんですか。今の華やかな篠山みどりさんしか知らはらへんひとには、想像もできひんやろなぁ」

「死にものぐるいとはよく言ったものね。『をかべ』からの帰り道に小さな橋を渡ったんだけど、ももこを連れて川に飛び込もうかと思ったんです。こんな惨めな暮らしを続けていくなら死んだほうがましかも。母親が子どもを道連れにして心中する、そんな心境だったのでしょうね。ただただももこが哀れでならなかった」

みどりの頬を涙がひと筋伝った。

「そうかぁ、姉ていうより母親やったんですね。しっかりしたお姉ちゃんや」

こいしは目を赤く染めている。

「母親が家を出るとき、ももこを頼むよ、って言われたのがずっと胸に残っていて」

みどりがこぶしで胸を押さえた。

「小学生やのにそこまで……」

こいしが言葉を詰まらせた。

「冬休みが終わって、三学期が始まってすぐ、思い切って担任の先生に相談しました。このまま自分が中学校に行ってしまえば、ももこの面倒をみてくれるひとがいなくなる。なんとかならないでしょうか、って」

「すごいとしか言えませんわ。ほんまの母親以上やないですか」

「冗談じゃなく、飢え死にするんじゃないかと思って、必死だった。それが通じたんでしょうね。先生が施設を捜してきてくださって、なんとか入所することができて、わたしも中学に入れたし、最悪の危機は脱することができたんです」

「そのへんの話はテレビではカットしてあったんですね」

こいしがノートにテレビのイラストを描きつけた。

「プロデューサーにはすべてお話しして、ぜひにと言われたんだけど、なんだかお涙ちょうだいみたいなストーリーになってしまいそうで、中学を卒業するまでの話はカットしてもらいました」

「ほんで中学を卒業してすぐ洋裁学校へ入らはったんでしたね」

「ええ。きっとこれからはファッションが持てはやされる時代が来るだろうと予測したんです。高校に進学するのは絶対無理だろうから、中学校のあいだにしっかり勉強しておかなくちゃと思って、いろんな勉強をしまくりました。図書館にあった本はあらかた読みつくしましたし、職員室に置いてあった新聞も毎日隅から隅まで読んで。三年間に一生ぶんの勉強をしたと思います」

みどりが胸を張った。

「その話もテレビでやらはったらよかったのに」

「嫌味になるでしょ？」

　みどりが口もとをゆるめた。

「たしかにそうかもしれませんね。日本を代表するデザイナーさんがひと一倍勉強家やったて、ちょっとできすぎかもしれませんね。そこからあとが絵に描いたようなサクセスストーリーやし」

「まぁ、あれもかなり脚色されてましたけどね。たしかに努力はしましたけれど、運とか縁に助けられたことのほうが多かった」

　みどりは遠い目を宙に遊ばせた。

「それで豆腐掛けご飯の話に戻りますけど、どんな料理やったんです？　味付けとか」

　こいしが話を本題に戻した。

「炊いたお豆腐が載ってるだけのご飯を悔しい思いで食べたのですが、そんな粗末なものでも、残さず平らげてしまう自分やももこが情けなくてね。味付けまではあまり覚えていないのですが、おそらくおでんのお豆腐を汁ごとご飯に掛けてあったのだろうと思います。今から思えば猫ご飯みたいですが、それをクリスマスイブに妹とふたりで食べた、という記憶だけが強烈に残ってしまって」

「なるほど。居酒屋さんやさかい、おでんは売るほどありますよね。うちらにとってはお酒のアテやけど、よう味が染みたお豆腐やったら、ご飯のおかずになるかもしれんなぁ」

こいしがペンを走らせた。

「わたしはそんな思いがあったから覚えていますけど、ももこは呑気に食べてたから、記憶に残っていないと思っていました」

「それが覚えてはったんや。妹さんも思うところがあったんと違います？」

「そうだったのかしらねぇ」

みどりは何度も首をかしげた。

「ところで、なんで妹さんはその豆腐掛けご飯を捜してはるんです？」

こいしはノートのページを繰った。

「ももこに余命が宣告されて、あと少しすれば口から物を食べることができなくなると、お医者さまから聞かされて、今一番食べたいものはなに？ってももこに訊いたんです。そうしたら、少し考えてから、小さいときに『をかべ』でわたしと一緒に食べた豆腐掛けご飯だって言ったんです。一瞬わたしは、ももこの頭がおかしくなったんじゃないかと思いました。だってわたしは、あの豆腐掛けご飯みたいなものを、二度とももこに食べさせたくないから、結婚もせずに必死で働いて来たんですよ。それなのに……」

　みどりが唇を震わせた。

「そういうことやったんですか。お姉さんとしては意外やったんですね」

「そりゃそうですよ。どんなときも、どんなところへも、ももこを連れて行きましたし、お金に糸目をつけず、美味しいものを食べさせてきたのですから。日本中、いや世界中のありとあらゆる美食を食べてきたのに、よりによって、あんなみすぼらしいご飯を一番に挙げるなんて。この歳(とし)になって、なぜこんなむなしい思いをしなければならないのでしょう」

　握りしめたこぶしをテーブルに押し付けて、みどりは大粒の涙を流した。

　こいしは掛ける言葉を捜しながら、口を開けずにいる。

　バッグからハンカチを取りだしたみどりは、何度も目頭を押さえた。

「親の心、子知らず。ではありませんが、姉の心は妹に通じていなかったのかと思うと、本当に哀(かな)しいです」

「うちは親にも姉にもなったことがないので、なんにも言えへんのですけど、妹さんはきっとお姉さんに感謝してはると思いますよ」

「そうでしょうか。だったら世界最高の美食を食べさせるためだけに、サンセバスチャンまで連れて行ったこととかを、真っ先に挙げるはずですよ。そうすれば、わたしはどんな無理をしてでも、現地から取り寄せてももこに食べさせるつもりだったんです」

みどりは悔しそうに顔をゆがめた。

「お気持ちはようよう分かります。けど……」

こいしは続く言葉を呑みこんだ。

「それでも、どうしてももこがあれを食べたいのならと思って、調べてみたのですが、『をかべ』は十年以上も前に閉店してしまっていたようで。わたしは記憶から消し去りたかったので、どんな味だったか、ほとんど覚えていないんです。なんとか捜してやってください。お願いします」

腰を浮かせてみどりが頭を下げた。

「分かりました。気張って捜してもらうよう、お父ちゃんに言うときます」

こいしがノートを閉じた。

ふたりが食堂に戻ると、新聞を広げていた流はあわててそれをたたみ、笑顔をみどりに向けた。

「お疲れやおへんか。関空から来てもろたんやそうですな。飛行機乗って車乗って長旅しはったら疲れますやろ。今日は京都にお泊まりやて聞きましたけど」

「臼井から連絡があったのですね。予定より少し遅れたから気になったのでしょう。彼は本当に心配性で」

　みどりが顔をほころばせた。

「ハイヤーは仏壇屋はんの駐車場で待機しとるそうです。呼んできまひょか？」

「お願いしてもよろしいでしょうか」

「うちが呼んでくるわ」

　こいしが玄関の引き戸を開けて外に出た。

「いいお嬢さんだこと」

　みどりがぽつりとつぶやいた。

「もうちょっと母親に似てくれよったらよかったんでっけど」

　流が苦笑いした。

「容姿は母親に似て、心根は父親に似るって理想じゃないですか」

「次のことでっけどな、だいたい二週間あったら捜しだしてきますんで、そのころに連絡させてもらいます」

「かしこまりました。今日のお食事代も含めて最後にお支払いすればよかったんでしたね」

みどりがそう言うと、流が大きくうなずいた。

「お待たせしました。前で待ってもろてます」

引き戸を開けたこいしは、息を切らせている。

「お世話を掛けました。ご連絡お待ちしております」

店を出たみどりは、一礼して横付けされたハイヤーに乗りこんだ。

「お気を付けて」

こいしと流は並んで車を見送った。

「セレブっちゅうのは、あんなひとのことを言うんやろな」

そう言うと、こいしが流の腰をひじでつついた。

「たしかに今はそうかもしれんけど、捜してはる食は、セレブとは縁遠いもんやで」

「世のなかはそういうふうにできとる。さぁ、じっくり聞かしてもらおか」

流がこいしの背中を押した。

2

雛の節供も近づき、穏やかな春の日差しが後部座席の窓を射抜いてくる。

ＪＲ京都駅で乗りこんだハイヤーは、跨線橋の上で停まった。

今年の桜をもこに見せることができるだろうかと案じていたが、症状が安定しているから少なくとも夏までは大丈夫という、主治医の言葉にホッと胸を撫でおろした。

予定を繰り下げたみどりは、めずらしく新幹線で入洛した。

つい二週間前までは寒々とした景色だったが、東山の木々は春めいて見える。

季節が移ろうと言えば、きれいに聞こえるが、容赦なく時が進んでいくと思えば、残酷なようにも思えてしまう。

この前来たときとは違う道筋をたどっているが、車が正面通に入ると見覚えのある光景が目に入ってきた。

「こちらでよろしいでしょうか」

ルームミラー越しにドライバーが訊いた。

「ありがとう。ここで大丈夫よ」

みどりがそう答えると、ドライバーは素早く車を降りて、後部座席のドアを開けた。

「行ってらっしゃいませ」

「終わったら連絡しますね」

ハイヤーを降りて、みどりは玄関の引き戸を開けた。

「ようこそ、おこしやす」

流が出迎えた。

「ご連絡ありがとうございます。こんなに早く見つけてくださるとは思っていませんでした」

みどりは淡いピンクのスプリングコートを脱いだ。

「いろいろとヒントをもろとったんで助かりました。すぐにご用意しますんで、お掛けになってお待ちください」

流がパイプ椅子を引いた。

「よろしくお願いします」

羊歯（しだ）をデザインした、ペパーミントグリーンのパンツスーツを着たみどりは、ゆっくりとパイプ椅子に腰をおろした。

二週間前にここで食べた料理を思いだすと、あれは夢幻だったのではないかと思えてしまう。それほどに簡素な店の造りだ。ファッションデザインでも、あえてミスマッチを企てることもあるが、そんな意図はまるで感じられない。あのころの『をかべ』や、生家の近くにあったうどん屋とおなじで、店の意匠で客を呼ぼうなどとまったく考えていないのだ。

しかしながら出てくる料理は、サンセバスチャンやヘルシンキ、ハノイの星付きレストランのそれとおなじで、心を震わせ続けた。

どう考えても釣り合いが取れない。

なぜあれほどの料理を出すのに、それにふさわしい店にしないのか。流はよほどのひねくれ者なのか。それとも料理以外には頓着しないのだろうか。いや、そんなはずはない。それが証拠に器遣いも傑出していたではないか。

厨房から漂ってくる、強い出汁の香りに鼻先をくすぐられながら、みどりは思いを巡らせている。

「もうすぐできますし、お茶でも飲んで待っててください。今日はシャンパンは飲まはりませんよね」

こいしが益子焼の土瓶と砥部焼の湯呑を、テーブルに置いた。

「ありがとう。今日は遠慮しておきますわ」

みどりがこいしに笑みを向けた。

「そうやねぇ、豆腐掛けご飯とシャンパンは合いそうもないですよね」

こいしが戻っていくと、入れ替わりに流が奥から出てきた。

「お待たせしました。これがお捜しになってた豆腐飯です。まったくおんなじというわけにはいきまへんけど、妹さんがもういっぺん食べたいて言うてはるのは、これや思います」

流は音も立てず、手のひらにすっぽりと収まるほどの染付の中鉢をみどりの前に置いた。

「これを豆腐飯って言うのですね。ちゃんと名前があったんだ」

六十年ほども前の記憶を手繰りよせようとして、みどりはじっとその鉢を見つめている。

「これだけしかおへんけど、どうぞごゆっくり」

流が下がっていくと、みどりはそっと目を閉じた。

さざ波が寄せるように、『をかべ』のざわめきが聞こえはじめた。

赤ら顔のだみ声が少しずつ大きくなり、歌声も混ざってきた。覆いかぶさるように嬌声(きょうせい)が飛び交い、やがてその声が矢のようにももこを射抜く。

――陰気臭い子やなぁ。どっち見てるんやな――

――篠はんとこの子ぉやがな。クリスマスやいうのに、親から放っとかれて可哀そうなこっちゃで――

ももこは黙って豆腐掛けご飯を食べている。

子ども心にも屈辱という言葉が浮かんだ。

涙が出そうになったのをじっとこらえた。

なぜ自分たちだけが、こんな惨めな目に遭わなければいけないのだろう。

こんな辱めを受けなければいけないほど、わたしたち姉妹はなにか悪いことをしたのだろうか。

ゆっくり目を開けると、あのときとおなじ豆腐掛けご飯、いや、豆腐飯がそこにあった。

やるせない気持ちばかりが先に立ったせいもあって、あのときは味わう余裕などまるでなかったから、食べてみたとて、あれとおなじなのかどうか、分かるわけもない。たとえまるで別ものだったとしても、その違いなど分かるはずもない。

ももこにさえ食べさせることができればそれでいい。

懐かしくもなんともない、忌まわしい思い出にしか結びつかないものを食べれば、吐きだしてしまうかもしれない。

かと言って、捜して欲しいと頼んだ本人が、それを食べないというのは無礼でしかない。

ひと口だけ食べて、体調が悪いからと言い訳をして、あとは残せばいい。

茶色く染まった豆腐に箸を入れると、なかは意外なほど純白で、艶々と輝いている。むしろ豆腐の下敷きになっているご飯のほうが濃い茶色に染まっている。

鉢を左手に持ち、豆腐とご飯を掬いあげ、おそるおそる口に運ぶ。嚙むまでもなく、口のなかでほろほろと崩れた豆腐は、味の染みたご飯に埋もれていった。

染付の鉢を左手に持ったまま、みどりは呆然とした表情で、金縛りにあったかのようにかたまっている。

しばらくの間を置いて、みどりの右手が動き、ひと口目よりも大きく豆腐を掬い、ご飯と一緒に口に運んだ。

「あ」

小さくつぶやいて、みどりは鉢に目を落とした。

ご飯の上から煮た豆腐を載せただけの、まるで猫の餌のようなそれは、粗雑極まりない食べものだと、これまでずっと思いこんでいた。空腹を満たすためだけの質素な料理だと決めつけていた。

だが、違ったのだ。

茶色く染まったご飯。ほんのり湯気を上げる白い豆腐。なんてやさしい味なのだろう。心を穏やかに鎮める料理は意外にも繊細で、なんの抵抗もなく胸に沁み入る。

懐かしい。ふいにそんな思いが込み上げてきた。そんなはずはない。哀しい思い出しかないあのころ。辱めを受けているとしか思えなかったあの時間。それをぎゅっと凝縮したのが、この豆腐掛けご飯だ。懐かしく思えるわけがない。

なのになぜだか、心があたたかくなるのだ。冷水を浴びせ掛けられたとしか思えなかった。この豆腐飯を食べて、そんな思いにかられるとは、老いの仕業だと思いたい。誰がこんな豆腐飯を懐かしく思うものか。

こらえ切れず、唇を嚙んだままみどりは嗚咽（おえつ）をもらしはじめた。

走馬灯のように思い出がよみがえる。意に反してそれはあまりにも美しい。オセロのこまが黒から白へとなだれを打って裏返るように、泥水のように濁り切った思い出が、清流のように澄みわたっていく。

とめどなくあふれ出る涙のわけを、みどりはまるで分からずにいる。

「どないです。妹さんが捜してはるのは、これやったと思いますんやが」

厨房から出てきて、流がみどりの傍らに立った。

「ええ。おそらくそうだと思います。ただ残念ながら、わたしははっきり覚えていないので、これで間違いないとも、違っているとも、どちらとも言えないのですが」

我に返ったみどりはハンカチで目頭を押さえた。

「ようあることです」

流が丸い笑顔をみどりに向けた。

「どうやってこれを捜してこられたのです？　『をかべ』はとうのむかしになくなっているはずですから、見つかるわけないと思うのですが」

みどりが訊いた。

「座らせてもろてもよろしいかいな」

「どうぞお掛けになってください」

みどりは腰を浮かせ、流が向かい合って座った。

「堺まで行ったんでっけど、おっしゃるように『をかべ』っちゅう店は影も形もありまへんでした。しょうことなしに、ご近所の店を片っ端から覗いて、訊ねてみたんですわ。ほしたら『ちく山』っちゅう蕎麦屋のご主人が『をかべ』のことをよう覚えてはったんですわ。女将はんもご主人も亡くならはったけど、息子はんが難波でおでん屋をやってるはずや、て教えてくれはりました。ちょっと時間は掛かりましたけど、そのおでん屋を見つけることができましてな」

タブレットをテーブルに置いて、流がみどりに画面を向けた。

「『おでんのあぐち』。ひょっとしてこれは岡部くんのお店？」

「そうです。みどりはんの同級生やった岡部陽介はんの店です。堺に繋がりそうなおでん屋はんの屋号を捜しとって、〈あぐち〉っちゅう名前に引っ掛かったんですわ。〈あぐち〉はもしかしたら『開口神社』のことやないやろかと当たりを付けましてな」

流が主人の写真を見せた。

「陽介くんは『開口神社』が大のお気に入りだったんです。いつもあの神社の境内で遊んでいたから。こんなおじいさんになっているんですね。ひとのことは言えませんけど」

画面から目を離さず、みどりが口もとをほころばせた。

「よその街で店を開くひとはたいてい、故郷につながる屋号を付けはるんですわ。陽介はんは、みどりはんのこともよう覚えてはりました。まさか世界的なデザイナーになるとは夢にも思わんかった、とも言うてはりました」

「そりゃそうでしょう。自分でも思っていなかったのですから」

「『をかべ』はふつうの居酒屋やったみたいでっけど、陽介はんはおでん専門店にしはったんですわ。『をかべ』の一番人気はおでんやったて言うてはりましてな、レシピは『をかべ』そのままやそうです」

「なるほど。じゃあこのお豆腐は、あのときとおなじ味なのですね」

「豆腐も堺の豆腐屋はんのを使うてはるさかい、おんなじやと思います。米は『をかべ』より上等の米使うてるて、陽介はんは自慢してはりましたけどな」

流は『おでんのあぐち』の店内写真をみどりに見せた。

「陽介くんが難波でお店を開いていたなんて、まったく想像もしていませんでした。彼はずっとプロの格闘家を目指していましたから、てっきりそっちの道へ進んだものと思っていました」

「店のなかにトロフィーが飾ってありましたさかい、ええとこまでは行かはったんやと思います。わしの勝手な想像でっけど、志半ばで諦めはったんと違いますやろか。その道で食うていけるのは、ひと握りでっさかいな。みどりはんみたいに、ひと筋に突き進んでいけるのは稀なことですわ」

「運と縁に恵まれたおかげだと感謝しております。今日もこうして見つけていただいたことで、ももこの願いを叶えてやれそうですし」

「そのことですけどな。なんで妹はんが、この豆腐飯をもういっぺん食べたいと思うてはるか、お分かりになりましたか？」

流が訊いた。

「分かりません。今回わたしが捜して欲しいと思った一番の理由がそれなんです。ももこはなぜ、これを食べたいと言いだしたのか、わたしには理解できませんでした。理由を訊いてみましたが、ただにこにこ笑っているだけで。世界中のありとあらゆる美味しいものを食べ歩いてきたのになぜそれなのか、とそれとなく言ったのですが、なにも話してくれませんでした。なんだかむなしくてねぇ。わたしはずっと無駄なことをしてきたのだろうか。ももこにとっては余計なお世話だったのだろうか。わたしの人生に落第点を付けられたような気にさえ、なってしまいました」

みどりは哀しい目を天井に向けた。

「あなたがこれを食べて涙を流さはったんが、その答えやと思います。懐かしいもないもんやのに、なんで涙が出たんです？」

流がまっすぐにみどりを見た。

「どうしてでしょうね。わたしにも分かりません。みじんも懐かしいなんて思っていなかったし、失礼ですが、飛び抜けて美味しいとも思わなかった。なのに、いろんな思いが込みあげてきて……」

鉢を横目にして、みどりは瞳を潤ませた。

「よっぽどそのときのことが印象的やったんでしょうな。当事者やないのに、陽介はんははっきりと覚えてはりました。あなたと妹はんの様子を」

「陽介くんが……ですか。あのときのことを？　どうして？」

「陽介はんはひとりっ子やったらしいですな。お姉ちゃんがいて、妹を守ってはるのがうらやましかったんやそうです」

「うちもひとりっ子やさかい、よう分かります。お姉ちゃんに頼ったり甘えたりできたら、どんなによかったやろう、て思います」

横からこいしが言葉をはさんだ。

「でも、あのときまだわたしは小学生でしたから、今みたいに面倒をみるほどではありませんでしたし、ももこもわたしを頼っているふうには見えませんでしたけど」

みどりが小首をかしげた。

「陽介はんが言うてはりました。妹はんが豆腐飯を食べてるあいだ、ずっとあなたは頭を撫でてあげてはったそうですな。妹はんのことをからかうひとがおったら、きつい目ぇでにらみつけてはったらしいですがな。鷹みたいな怖い目ぇやったて、言うてはりましたで。六十年も前のことを覚えてはるぐらいやさかい、よっぽど強烈な印象やったんですやろ。おそらく妹はんは、なにがあっても姉が守ってくれるとそのとき確信しはった。そしてあなたはそのとおり、ずっとそれを果たしてきはった。その最初の瞬間と、この豆腐飯が結びついたんですわ。この豆腐飯を食べながら、どれほど心強い思いをなさったですやろ。妹はんにとっては、それが美味しかろうが、まずかろうが関係おへん。そのときの気持ち、ずっとそれを続けて来はったお姉さんへの感謝の気持ちを胸に抱いてはったさかい、人生の最後にもういっぺん食べて、改めてお姉さんに感謝の気持ちを伝えたい。そう思わはったんに違いありまへん。なんぼ世界の美味珍味やていうても、それに比べたら些細なことですがな。食いもんっちゅうのは、そういうもんなんです。どんな上等な食いもんでも、ひとの思いには絶対勝てしまへん」

目を赤く染めて、流が語気を強めると、みどりは唇をかたく結んで、はらはらと涙を流した。

ハンカチを握りしめたみどりは、涙を拭おうともせず、ただ黙って豆腐飯の入った鉢を見つめている。

流とこいしは、じっとその様子を見守っている。

「わたしは大きな勘違いをしていましたね。鴨川さんのおっしゃるとおりです。仕事をするときは、いつもそう自分に言い聞かせていたのに。どんな華麗なファッションでも、母親の手縫いには敵（かな）わないって」

「そういうことやと思います。小学生のときにお母ちゃんが編んでくれた手袋は、今でもだいじに取ってあります」

こいしがみどりに笑みを向けた。

「妹はんが最後にもういっぺん味わいたかったんは、ただの豆腐飯やのうて、みどりはんの愛情に包まれた生涯の原点やった。わしはそう思います」

「ありがとうございます。なによりもたいせつなものを見つけてくださったことに、心から感謝いたします」

立ちあがってみどりは深々と頭を下げた。

「レシピていうほど、たいそうなもんと違いますけど、いちおう作り方を書いときましたんで、参考にしてください。お豆腐の炊いたんをタッパーに入れておきますし、温めなおして汁ごとご飯に掛けてもろたらええと思います」

こいしが手提げの紙袋をテーブルに置いた。

「ありがとうございます。お代金は銀行振込でしたね。すぐに手配いたします」

みどりはスプリングコートを羽織り、スマートフォンを耳に当てて、迎えのハイヤーを呼んだ。

「今日も飛行機で帰らはるんでっか？」

流が訊いた。

「いえ、今日は新幹線で帰って、ももこのところへ直行します。品川駅からすぐ近くなので」

「よろしゅうお伝えください。陽介はんも案じてはりました。差支（さしつか）えなかったら難波の店まで連れていってあげはったらどうです？」

「そうですね。ももこもきっと喜ぶでしょう」

「お迎えが来はりました」

こいしが玄関先に目を遣った。

「いろいろとお世話になりました」

みどりが敷居をまたいで外に出た。

「これからもええお仕事をなさってください」

流が送りに出た。

「ありがとうございます。鴨川さんも親子仲良くお仕事を続けてください」

ふたりに笑顔を向けてから、みどりがハイヤーに乗りこんだ。

「ご安全に」

走り去るハイヤーに向かって、流が声を掛けた。

「なんか人間て不思議やなぁ。セレブの象徴みたいなひとの一生が、お豆腐の炊いたんを掛けただけのご飯に重なってたやなんて」

そう言いながら、こいしは店に戻った。

「今はみな、ご馳走の意味を勘違いしてしもとるんや。どこそこ産の高級食材やたら、理科の実験みたいな調理法を駆使したもんが、とっておきのご馳走やと思うとる、グルメ自慢がようけおるけど、極めていったら、最後は豆腐飯みたいなもんに落ち着くんや。誰と、どんな思いで食うたか、が一番だいじなことやな」

流は仏壇の前に座った。

「お母ちゃんは最期になにが食べたかったたん？　訊いたげへんかったたなぁ。ごめんな」

掬子の写真にこいしが語りかけた。

「わしが作った中華そばを食べよったんが、最期になってしもうたな」

流が線香をあげた。

「それでよかったん？　美味しかった？」

こいしが手を合わせると、写真の掬子がにっこり笑った。

《初出》

第一話	鰻丼	「STORY BOX」2021年3月号
第二話	いなり寿司	「STORY BOX」2021年2月号
第三話	ピザ	「STORY BOX」2020年7月号
第四話	焼きうどん	「STORY BOX」2020年8月号
第五話	タマゴサンド	「STORY BOX」2020年9月号
第六話	豆腐飯	書き下ろし

※本作品はフィクションであり、
登場する人物・団体・事件等はすべて架空のものです。

海近旅館

柏井　壽

ISBN978-4-09-406812-2

亡き母の跡を継ぎ、東京での仕事を辞め静岡県伊東市にある「海近旅館」の女将となった海野美咲は、ため息ばかりついていた。美咲の旅館は〝部屋から海が見える〟ことだけが取り柄で、他のサービスは全ていまひとつ。お客の入りも悪く、ともに宿を切り盛りする父も兄も、全く頼りにならなかった。名女将だった母のおかげで経営が成り立っていたことを改めて思い知り、一人頭を抱える美咲。あるとき、不思議な二人組の男性客が泊まりに来る。さらに、その二人が「海近旅館」を買収するための下見に来ているのではないかと噂が広がり……。

京都スタアホテル

柏井 壽

ISBN978-4-09-406855-9

創業・明治三十年。老舗ホテル「京都スタアホテル」の自慢は、フレンチから鮨まで、全部で十二もある多彩なレストランの数々。そんなホテルでレストランバーの支配人を務める北大路直哉は、頼れるチーフマネージャーの白川雪と、店を切り盛りする一流シェフや板前たちとともに、今宵も様々な迷いを抱えるお客様たちを出迎える――。仕事に暮らしと、すれ違う夫婦が割烹で頼んだ「和の牛カツレツ」。結婚披露宴前夜、二人で過ごす母と娘が亡き父に贈る思い出の「エビドリア」……おいしい「食」で、心が再び輝き出す。

―本書のプロフィール―

本書は、小学館文庫のためのオリジナル作品です。

小学館文庫

鴨川食堂ごちそう

著者　柏井　壽

二〇二一年六月十二日　初版第一刷発行
二〇二一年七月四日　第二刷発行

発行人　飯田昌宏
発行所　株式会社　小学館
〒一〇一-八〇〇一
東京都千代田区一ツ橋二-三-一
電話　編集〇三-三二三〇-五九五九
販売〇三-五二八一-三五五五
印刷所――――図書印刷株式会社

ISBN978-4-09-407030-9